Un colosse

Du même auteur chez le même éditeur

Les Paupières de Lou, roman, Rivages/Noir poche, 2004.

Une pieuvre dans la tête, roman, L'Incertain, 1994 ; Rivages/Noir poche, 2000.

La vie n'est pas une punition, roman, Rivages/Noir poche, 1995.

Bouche d'ombre, roman, Rivages/Noir poche, 1996.

À trop courber l'échine, roman, Rivages/Noir poche, 1997.

Du bruit sous le silence, roman, Rivages/Noir poche, 1999.

On y va tout droit, roman, Rivages/Noir poche, 2001.

Mourir n'est peut-être pas la pire des choses, roman, Rivages/Thriller, 2003 ; Rivages/Noir poche, 2005.

Loin des humains, roman, Rivages/Thriller, 2005 ; Rivages/Noir poche, 2007.

Un drap sur le Kilimandjaro. Chroniques vertes et vagabondes, Rivages, 2005.

Les hommes sont courageux, nouvelles, Rivages/Noir poche, 2006.

Cruelles natures, roman, Rivages/Thriller, 2007 ; Rivages/Noir poche, 2011.

Tu ne verras plus, roman, Rivages/Thriller, 2008 ; Rivages/Noir poche, 2013.

(Suite en fin d'ouvrage)

Pascal Dessaint

Un colosse

Rivages

Retrouvez l'ensemble des parutions
des Éditions Payot et Rivages sur

payot-rivages.fr

Personne n'a de racines aux pieds.

PREMIÈRE PARTIE

I.

Conversation inventée

« Un monstre, dites-vous ?

– Un géant, à tout le moins. D'aucuns le qualifièrent de colosse. Lui, si grand, né dans un village…

– Dans un village ou une ville naissent des gens de toutes sortes, de toutes tailles.

– Bien sûr… Je désirais marquer le contraste, d'une certaine façon l'aberration. Mais ce n'est pas cela, somme toute un regrettable accident de la nature, qui agace mon esprit.

– Stimule votre réflexion ? Qu'est-ce donc ?

– Je ressens sa souffrance. Cet homme, c'était un homme, ne pouvait que souffrir… Et puis…

– Et puis ?

– Son destin, la direction que sa vie a prise… Sa grande taille n'a pas été, en soi, la chose la plus curieuse. Plus de sept pieds sous la toise, tout de même !

– Diable !

– L'époque connaissait d'incessants bouleversements politiques, d'inévitables progrès aussi, déroutants, stupéfiants. Les années passaient à un train d'enfer. La civilisation avançait ! Et lui, dans le même temps, se mit à rapetisser.

– Rapetisser !

– Oui, quoique ce verbe ne soit pas tout à fait juste.

– Vous aiguisez ma curiosité… Vous avez l'art de ménager vos effets.

– N'y voyez pas malice. Je réfléchis au fur et à mesure que je vous parle. Certaines questions me taraudent. Il y a de quoi s'étonner que la nature puisse commettre pareille erreur, n'est-ce pas ? On peut aussi se demander comment nous aurions réagi nous-mêmes, victimes d'un tel handicap ? Et puis, comment être monstre sans l'avoir choisi, dans une époque où, malgré les changements continuels, les mœurs n'évoluaient guère. La plupart des gens se comportaient comme ils le faisaient depuis toujours, et comme ils le feraient longtemps encore.

– Les progrès technologiques ne changeront jamais les sentiments profonds.

– Comme le chemin de fer qui arrive dans une ville ne change pas l'allure du cheval dans le champ. »

II.

Un homme d'abord

Nous ne connaissons pas le nom du cheval, de l'homme oui, mais nous le dévoilerons plus tard. Encore un peu de mystère. À ce moment-là, l'homme n'est pas un monstre, juste un surhomme.

Des tas de fumier bossuent les parcelles déjà labourées. La terre est d'une belle couleur, pas brune ariégeoise, ni rouge aveyronnaise, plutôt jaune lauragaise, de ce jaune qui ferait penser à certaines façades de Toscane. Et cette terre est grasse, généreuse, féconde.

L'homme et le cheval n'en sont pas à leur premier sillon de la journée. Ils avancent toujours avec la même aisance, qu'il s'agisse de monter ou de descendre. La pente est plus raide vers les bois, sous la métairie, mais cela ne semble pas exiger beaucoup plus d'effort, à peine si le cheval baisse un peu plus la tête. L'homme lui parle dans un patois paresseux, et parfois lance : « Dia… hue ! », sans nécessité réelle. Ils sont au diapason.

Les mains ne serrent pas les mancherons de la charrue, et pourtant puissamment le soc mord, tranche et retourne.

La campagne est ancienne. Aucune pratique révolutionnaire, mécanique ou chimique, ne vient encore la bousculer. On en parle à propos de régions plus au nord, beaucoup plus au nord, comme en Picardie ou en Beauce. C'est une campagne vallonnée, un enchantant camaïeu de verts, que parsèment des bourgs, d'où jaillissent des clochers en brique rouge – jamais de gros bourgs, jamais de hauts clochers. Une campagne qui se déroule jusqu'aux portes de la grande ville, Toulouse, que l'on atteint après un long temps en carriole.

Le soc a heurté une pierre. La charrue s'est empâtée. L'homme a arrêté le cheval, puis il s'est penché pour détacher la boue et les herbes. La terre est basse, pour lui plus que pour tout autre. Au-dessus des bois sombres, des corneilles poursuivent un rapace qui s'éloigne comme se tracent des lettres sur un tableau noir. L'homme se trouve trop loin de la ferme pour entendre ses marmots jouer mais il tend tout de même l'oreille. À son signal, un petit claquement de langue, le cheval se remet à tirer. Jamais l'animal ne dévie. Jamais équipage n'a tracé sillon plus droit ! L'homme n'en nourrit cependant aucune fierté. Il accomplit simplement son labeur, comme tant de gens autour de lui.

Toujours un paysan qui va à son lopin ou en revient, du lever au coucher du soleil. Labourer, semer, faner, herser, fourcher ! Il est tant de tâches tout au long de l'année ! Hippolyte surgit d'un chemin. Il arrive de Couderc ou de Lagrave, de Bourc ou d'Ancoutillou. Il est pressé mais il s'arrête. Il peut bien perdre quelques instants. Le spectacle est fascinant. Il sera toujours un peu dérouté, Hippolyte, et puis il se rendra à l'évidence, comme chaque fois. Il ne s'agit pas d'une créature fantastique. C'est un homme, d'abord !

N'est-ce pas curieux tout de même ? Un beau jour, le géant est arrivé à Montastruc pour se marier. Et de ce mariage, il y aurait beaucoup à dire ! Le couple est ensuite reparti, du côté de Lavaur, où le premier enfant est né. Et quelques mois plus tard, ils sont revenus !

Dix hommes comme lui prendraient le travail de tout le monde ! Tous se sont étonnés de sa grande taille, certains en ont été effrayés, et les plus égrillards d'entre eux ont imaginé ce qu'il en était sous la ceinture. Et comment madame a pu être séduite par un tel gaillard ? Et comment cela se passe sur la paillasse, quand il la monte ? Hippolyte n'a pas eu de telles pensées. Il a observé le géant au labeur. Il l'a vu remplacer sous le joug les bœufs fatigués, et prendre dans ses bras une vache qui s'était embourbée dans un fossé – pas un veau, une vache ! Hippolyte l'a vu aussi, l'été dernier, quand Marc Teulade remontait au galop le chemin de Moulinsart.

Marc Teulade est le maître incontesté. Les draps ont fait la fortune de la famille. On a connu plus vilain motif et pire mariage. Les frères Prévot sont négociants en draps à Toulouse. Une demoiselle Prévot a épousé un Teulade originaire de Grenade. Et bientôt, la famille a acheté le château de Montastruc et tout le domaine qui en dépend, les métairies de la Crouzette, d'Anrély, de la Bourdette et de Tifaut, laquelle est occupée désormais par le géant et sa famille.

Marc Teulade sera maire de la commune, comme le fut son père Prosper. L'héritier a fait aussi un beau mariage. Il a épousé la fille d'un riche pharmacien de Toulouse. Toulouse est décidément un vivier !

Ce jour d'été, Marc Teulade descendait donc de son château, qui présente le double avantage d'être dans le village et de dominer toute la campagne. D'un côté, en quelques pas, Marc Teulade est sur la place du marché. De l'autre, d'un regard, il embrasse tout son domaine. Le parc est vaste jusqu'au chemin de ronde où commencent les champs. Les nombreux arbres qu'on y a plantés prennent maintenant de l'ampleur mais ne l'empêcheront pas de garder l'œil sur ses métairies. Les paysans savent que souvent le maître les observe et juge de leur travail.

Quand il croise le géant, Marc Teulade a des sentiments partagés. Il l'emploie et doit donc lui en imposer, ce qui est plus confortable juché sur un cheval. En dehors des moments où il faut se montrer sévère et ne céder à aucune faiblesse, Marc Teulade est taraudé par certaines pensées pénibles. Le géant est né la même année que lui, il est même son aîné. Cela lui fait tout drôle, le perturbe. Il éprouve de l'admiration et de la reconnaissance, admiration pour la Nature qui parfois sait créer ce qu'un esprit sain serait incapable d'imaginer, reconnaissance parce que cette même Nature l'a épargné d'une telle malchance, pour ne pas dire de l'opprobre. Que n'aurait fait son géniteur s'il avait grandi comme lui ? Sans doute l'aurait-il caché dans un lieu secret ou confié à une institution, sa morale le préservant d'un geste sanglant.

La charrette encombrait le chemin. Marc Teulade a tiré sur les rênes et sa monture s'est raidie, les naseaux palpitants, luisants de sueur, ses sabots frappant la terre durcie par tant de jours sans pluie. Des nuages de moucherons stagnaient sous les chênes. Des criquets bondissaient dans l'herbe jaunie des fossés. Marc Teulade a crié sans colère :

« Jean-Pierre ! Tu ne vois pas que tu bouches le chemin avec ta charrette de foin ? »

Le géant a estimé la situation. Il est plus facile de faire reculer un cheval et son cavalier qu'une charrette si chargée que le bois des roues pourrait bien se débander. Mais le maître est le maître. Lui et son cheval auraient eu aussi la possibilité de franchir le fossé, prendre à travers la lisière des arbres et par champs, lesquels à cet endroit étaient jonchés de brassées d'épis. Mais cela ne lui serait pas venu à l'esprit... Alors le géant a fait s'écarter les bœufs dont les queues fouettaient l'air à cause des taons, puis il est allé se mettre sous la charrette, et d'un coup d'épaule sous l'essieu, sans beaucoup de grimaces, l'a déplacée.

Marc Teulade l'a regardé faire, flattant distraitement son cheval à l'encolure, cachant qu'il était impressionné. Il lui avait été narré bien d'autres faits spectaculaires. À une fête d'un bourg voisin, un dimanche, le géant avait soulevé d'une seule main une chaise, avec un bougre assis dessus !

« Adieu ! » a lancé Marc Teulade, touchant de l'index le rebord de son chapeau, et après un bref coup d'éperon, à bride avalée, il est reparti au galop.

Sur la route de Garidech, une diligence, il en circule encore, soulève un gros nuage de poussière. Hippolyte s'en va son chemin. La voie ferrée passe désormais entre la Crouzette et Tifaut, mais il y a un pont pour la franchir. Un convoi surgit du souterrain de Seillan. La locomotive siffle, enveloppée d'une fumée épaisse qui se disperse à la sortie du tunnel comme de la bouche d'un four. L'homme et le cheval, eux, arrivent au bout de leur sillon, en bas de la pente.

Nous ne sommes pas dans la tête de l'homme. Nous ne pouvons qu'imaginer. Même aujourd'hui, il existe rarement chose comparable. Se mettre dans la tête d'un tel personnage fera courir le risque de l'exagération. Il convient de garder la mesure. Mais nous avons affaire à un phénomène, pas de doute. Un phénomène, c'est cela ! Nous le voyons dans le champ, creusant le sillon, guidant sa bête docile. Sans se dresser sur ses pieds, il pourrait l'embrasser sur le chanfrein, effusion que sa pudeur lui interdit, affection qu'il réserve à son épouse, quand les enfants ne sont pas là.

Au bout du champ, l'homme pousse son cheval pour repartir dans l'autre sens, dès qu'il aura soulevé la machine et l'aura replacée derrière l'animal. Il prend charrue et timon à bras-le-corps. Deux bateleurs n'y suffiraient pas ! Et bientôt, un nouveau sillon se creuse.

III.

De la mort à la naissance

Au commencement, nous ignorons presque tout de l'homme. Nous savons qu'il a existé. Il ne s'agit ni d'un fantasme délirant ni d'un mauvais rêve né d'une quelconque hantise. L'homme, sur cette planète, a bu et mangé, respiré et marché, aimé et espéré.

Des sources l'attestent, à commencer par son avis de décès, une première pièce à conviction. Comment nous est-elle parvenue ? Le plus simplement du monde, par une recherche sur Internet. Comme on tire au hasard une carte d'un jeu ou un brin de paille d'une botte. Le besoin d'un fait tangible, indiscutable. Nous verrons bien.

Nous ignorons presque tout, et bientôt viennent quelques surprises. Le formulaire est prérempli. Entre les mots déjà imprimés, le peu d'espace oblige à la concision. Est-ce pour cela que l'officier public de l'état-civil a fait fi de la ponctuation ? N'importe !

RÉPUBLIQUE FRANÇAISE – AU NOM DU PEUPLE FRANÇAIS

Du *Sixième* **jour du mois de** *Novembre* **l'an mil neuf-cent-un** *à onze* **heures du** *matin* **Décès de** *Jean-Pierre Mazas roulier le jour d'hier à onze heures du soir allée Lafayette à l'âge de cinquante-quatre ans né à Villeneuve-lès-Lavaur (Tarn) domicilié à Montastruc (Haute-Garonne) époux de Marie-Adèle Gérémie sans profession âgée de trente-huit ans fils de Jean Mazas et de Cécile Sol mariés décédés –*

ainsi qu'il résulte du certificat de vérification de M. le Docteur Médecin *Bernard* **à ce délégué. Témoins domiciliés à Toulouse** *Guillaume Bazy âgé de soixante-quatre ans à Croix-Daurade et Isidore Mondran âgé de quatre-vingts ans allée de Garonne employés qui ont signé –*

Constaté par Nous soussigné adjoint au Maire, etc.

Aussitôt donc, l'acte étonne. Le défunt est qualifié de roulier. Tiens ! Mais pourquoi pas ! Beaucoup plus surprenant : le lieu de naissance…

Jean-Pierre Mazas n'est pas né à Villeneuve-lès-Lavaur, bien que peu s'en soit fallu.

Notre homme aurait vu le jour à Lavaur, une bourgade située une quinzaine de kilomètres plus au nord à vol d'oiseau, d'où sans doute la confusion. Nous tenons l'information d'un article de *La Dépêche du Midi* en date du 21 novembre 1991. Jean-Pierre aurait fait ses premiers pas au quartier du Rouch, au lieu-dit Le Servi, qui était encore en réalité un petit coin de campagne, au milieu des vignes et des potagers... Pourtant nulle trace dans les registres de Lavaur. Tout cela en deviendrait très mystérieux...

Le fait est qu'il n'y a pas que l'état-civil qui se trompe, dans les journaux aussi, par le jeu des écritures, la vérité est parfois déformée. Cette vérité, justement, nous la découvrons grâce à un ouvrage publié en 1973 par Paul Mercadal, érudit de Montastruc-la-Conseillère.

Jean-Pierre Mazas est né à Verfeil, village situé entre Albigeois et Languedoc, à la jonction du Tarn, du Lauragais et du Pays Tolosan.

À quelques encablures de là, dans une boucle de la route qui conduit à Lavaur, il est un lieu-dit, celui de Castanet. La métairie est une maison basse, à petites ouvertures, de pierre et de terre crue, et dont les toits en tuile rouge semblent vouloir s'allonger pour toucher le sol. Comme souvent dans le pays, une grange se dresse à part. Il ne faut pas s'éloigner beaucoup de la ferme, descendant vers le ruisseau d'En Gombaut, pour apercevoir le clocher-mur de l'église Saint-Sernin-des-Rais, mais aussi Verfeil dont le clocher robuste émerge des maisons rouges, et enfin vers le sud, la chaîne des Pyrénées qui certains jours paraît proche – une complète illusion – plus souvent les montagnes partiellement enneigées se révèlent, lointaines, ramassées, à travers des nappes de nuages lents, et il semble alors que s'étendent jusque tout là-bas des lieues et des lieues de prairies et de champs ondoyants.

Dans ces années-là, sous le règne de Louis-Philippe, la France est relativement tranquille. Au ministère de Thiers a succédé celui de Soult et Guizot. À la vérité, Guizot commande seul. Il est l'artisan d'un nouveau contrat inégalitaire. Il favorise une élite, de nouveaux aristocrates défenseurs de l'ordre et de la propriété. Cette monarchie est bien gardée ! Dans la France de Guizot, on estime que des supériorités naturelles doivent conduire le pays. Guizot est logiquement hostile à l'idée de suffrage universel, à la démocratie, à la souveraineté populaire. Lui croit à la souveraineté de la raison ! Le chômage a reculé dans les grandes villes. Les conflits sociaux ont cessé. Le retour de la prospérité explique une indéniable stabilité. Paix et ordre règnent. La politique de Guizot, cependant, déplaît à Lamartine. Le poète, qui proclamera la Deuxième République, la qualifie d'inerte. La paix, les petites gens ne vont pourtant pas s'en plaindre, bien que leur sort ne s'améliore guère. Mais la paix, toujours, est provisoire.

Dans la petite métairie de Castanet, Cécile enfante. Nous ignorons si l'accouchement se déroula dans de grandes douleurs, dans d'anormales souffrances, tant peut-être l'enfant ne se présentait pas bien ou était déjà d'une taille exceptionnelle. Le bébé eut-il du mal à sortir ? La voisine, appelée pour aider à la délivrance, finit-elle par désespérer ?

Cécile crie. C'est la pleine nuit. Dehors, il gèle à pierre fendre. Il ne fait pas non plus très chaud à l'intérieur. Il y a du givre sur les vitres. Le feu crépite. On a allumé plus de bougies que d'ordinaire. Jean, le grand-père, attend sans doute dans l'autre pièce. Jean, le père, se tient impassible en retrait du lit, dans l'ombre. Cécile se cramponne, fiévreuse, secouée de tremblements. La paillasse est trempée. Ses eaux ont ruisselé. Les contractions se succèdent, de plus en plus rapprochées. La douleur devient insoutenable. Cécile pousse, et pousse encore. Et l'enfant, enfin, sort d'entre ses cuisses. Comme des millions de mioches depuis que l'espèce existe, Jean-Pierre est expulsé, apparaît à la lumière. Il est 1 heure du matin, ce 14 février 1847.

Dès l'aube, Jean Mazas, laboureur de son état, s'en va d'un bon pas dans le froid mordant. Il est tout juste 7 heures quand il déclare son fils à la mairie de Verfeil. La ponctuation de l'officier public est rigoureuse. Lecture de l'acte est faite par lui aux parties comparantes et aux témoins, Paul et Guillaume, tous deux maçons, qui disent ne savoir signer.

Jean-Pierre aura 1 an en 1848. Février de cette année-là, Paris, à nouveau, se révolte. On fusille boulevard des Capucines. Guizot est renvoyé, Thiers rappelé. Le lendemain, Louis-Philippe abdique. La République est proclamée à l'Hôtel de ville. Quatre jours plus tard, la peine de mort pour raisons politiques est abolie. Paris vit ces bouleversements et les campagnes restent calmes. La famille Mazas a changé de métairie. Elle s'est transportée au lieu-dit La Couffigue, à quelques lieues au nord-ouest de Lavaur. Le 20 février, le père Mazas est décédé *en son domicile*, nous supposons d'un accident ou d'épuisement. Il avait 36 ans. Il est mort un an et six jours après la naissance de son fils.

IV.

L'enfant grandit

Ce sont des temps âpres. Il n'y a jamais à hésiter entre le cœur et l'estomac. Le petit Jean-Pierre grandit en même temps que les ambitions d'un certain Louis-Napoléon s'affirment.

1849. Le petit Jean-Pierre a 2 ans et les élections législatives portent au pouvoir le parti de l'Ordre. La France s'en va au secours du pape, à qui elle restitue Rome, la gauche républicaine proteste et Ledru-Rollin doit s'exiler. Bientôt, Louis-Napoléon fera une tournée en province. Louis-Philippe, lui, mourra.

1851. Le petit Jean-Pierre a 4 ans et Jean, son grand-père, décède le 9 mars. Il vivait encore à La Couffigue. Le décès est déclaré par des voisins agriculteurs. Nous pouvons penser que Cécile s'est déjà transportée avec son fils dans le quartier du Rouch, au lieu-dit Le Servi. Nous y voilà ! Le 2 décembre, c'est le coup d'État de Louis-Napoléon Bonaparte. Malgré quelques résistances, à Paris et ailleurs, un plébiscite lui donne une excessive majorité. Les Français aiment les hommes forts, et les moutons suivront leur berger jusqu'à la débâcle.

1852. Le petit Jean-Pierre a 5 ans et la Constitution est promulguée. L'Empire est rétabli par 8 millions de « oui » contre 250000 « non ». Bientôt la France et l'Angleterre déclarent la guerre à la Russie, qui est défaite à Sébastopol.

1857. Le petit Jean-Pierre a 10 ans et les législatives permettent l'élection de cinq républicains. Le vent commencerait-il à tourner ? Malheureusement, l'attentat d'Orsini contre Napoléon III débouche sur une loi de sûreté générale. En Italie, l'empereur remporte les batailles de Magenta et de Solferino.

1860. Le petit Jean-Pierre a 13 ans. Les troupes françaises mettent à sac le palais d'été de Pékin et s'apprêtent à occuper la Syrie.

1862. Le petit Jean-Pierre a 15 ans et la Cochinchine devient française. N'est pas empereur sans empire…

1864. Le petit Jean-Pierre a 17 ans et le droit de grève est reconnu. L'Internationale est fondée. Bientôt, Napoléon III et Bismarck se rencontrent à Biarritz.

Le petit Jean-Pierre n'est plus petit. Sur les bords de l'Agoût, une rivière qui dessine d'agréables courbes, où Lavaur s'étend joliment dans une grande boucle, il forcit vite et fort, comme les haricots grimpants en été.

Maman n'est pas inquiète, peut-être déroutée mais inquiète, non. Son mari n'est plus là pour assurer la pitance. Elle est devenue ménagère. Jean-Pierre est grand pour son âge, il surpasse, et pas qu'un peu, ses rares camarades, mais va-t-elle s'en plaindre ? À la campagne, mieux vaut être robuste ! Ça aide ! Alors bien sûr, sans cesse coud l'aiguille. À peine ravaudés, rapiécés, recousus, les vêtements craquent et se déchirent ! Le soir, Cécile s'use les yeux sur l'ouvrage. Nous voyons bien les manches trop courtes, qui remontent sur les bras, les pantalons qui laissent voir la peau nue au-dessus des sabots, lesquels compriment les pieds jusqu'à la douleur. Il faudra encore en changer et ça coûte cher !

Plus Jean-Pierre s'allonge comme une liane exubérante et plus l'assiette paraît petite devant lui. Il ne sera pas possible de changer de lit, Jean-Pierre dormira en chien de fusil. On n'agrandira pas la porte, il devra se pencher pour entrer, traverser la maison, il se penche toujours plus bas. Plus le fils grandit, et plus la maison déjà modeste semble rétrécir aussi.

Un voisin ne se lasse pas du spectacle de Jean-Pierre, qui maintenant fend des bûches dans la cour. Le manche et la cognée ressemblent à des jouets ridicules entre les gros doigts du grand garçon ! Maman ne manquera pas de bois pour l'hiver !

Comme tout jeune homme de son âge, à 17 ans, Jean-Pierre est allé se faire recenser à la mairie de Lavaur. Quatre années plus tard, il est appelé à s'y présenter devant le conseil de révision.

La foule s'est pressée. Les quatre militaires sont arrivés en fiacre et ont rejoint le préfet ainsi que des membres du conseil général et du conseil d'arrondissement à l'intérieur de l'édifice. À ces officiels incontournables s'ajoutent les maires du canton qui ont bien le droit d'être là et de prendre la parole si bon leur semble. Des gendarmes jouent le rôle d'assesseurs. Un peu de désordre est inévitable. Le préfet en appelle au silence et à la concentration. Les garçons ont été invités à comparaître dans un état de propreté convenable, et sobres. Ils commencent à défiler. Ils passent dans l'ordre du recensement. Au suivant ! Dans une pièce attenante, ils se sont déshabillés. Ils ont tiré un numéro. Pas bêtes, certains font la grimace. Ils n'y couperont pas. Celui-là, ses arguments ne seront pas entendus, il a tiré un petit numéro et il n'est ni infirme ni marié. Cet autre est le seul garçon de la ferme, le père trop vieux n'est plus utile à grand-chose et, malgré le tirage, il a donc peut-être une chance.

Un à un, entièrement nus, sous les regards impavides, ils ont à traverser la grande salle de la mairie. Jamais ils ne se sont montrés ainsi. Ils sont encore moins à l'aise depuis que Jean-Pierre s'est dévêtu au milieu d'eux. C'est bientôt son tour d'ailleurs, et un grand silence se fait, plus aucun bruit de papier qu'on remue ou de chaise qui racle le parquet, tandis qu'il se dirige vers le bureau où se trouve le médecin militaire dont la position assise devient inconfortable. Les parties intimes du gaillard sont à hauteur de ses yeux. L'homme en uniforme toussote, nerveux et gêné. Il se lève, mais cela semble aussitôt encore accentuer l'immense taille du conscrit. Le médecin se reprend, mais il s'énerve tout de même sur la toise. Il se met sur la pointe des pieds et cela ne suffit pas encore. Alors on lui rapproche sa chaise. À la guerre comme à la guerre ! Dans cette assemblée uniquement masculine, quelques-uns sourient. Çà et là éclate même un rire. Le préfet balaie la salle d'un regard de colère. C'est le conseil de révision, pas la foire ! Jean-Pierre Mazas a 21 ans, il n'a pas fini sa croissance, mais il atteint déjà la taille de 2,12 mètres. Et vous avez vu ses pieds ?

S'il y a une taille minimum en dessous de laquelle la conscription est exclue, nous ignorons si le gigantisme est un motif de réforme. La présence d'un phénomène dans ses rangs peut procurer à l'armée des avantages, mais aussi certains inconvénients, sur les plans du moral et de la discipline. Mais foin de ces considérations ! Qu'il ait tiré un bon numéro ou non, Jean-Pierre est *fils unique de veuve.* Dispensé ! Au suivant !

Jean-Pierre a 23 ans quand Mac-Mahon est battu par les Prussiens à Sedan. Napoléon III fait hisser le drapeau blanc et capitule. Trop d'ambition mal maîtrisée mérite la fessée. Le Second Empire s'écroule. Les Prussiens sont aux portes de la capitale. Une majorité monarchiste est portée à l'Assemblée. Et bientôt Paris qui saigne, *l'affreuse guerre civile...*

Jean-Pierre est devenu un géant. Il mesure désormais 2,20 mètres.

V.

Montastruc, 2019

J'ai garé la voiture dans le village. Derrière l'église, une esplanade s'achève par un escalier qui mène au cimetière. Des hommes jouent à la pétanque sur le boulodrome qui le jouxte. Je résiste au besoin de me rendre tout de suite sur la tombe du géant. Il sera toujours temps. Pour l'instant, je veux m'imprégner de l'endroit, imaginer l'homme dans son milieu, vivant, arpentant ces terres, et découvrir la ferme où il travaillait. Il est question, d'une certaine façon, de le ressusciter.

Je ne sais pas encore si ce sera utile, si ça a du sens, si c'est bien raisonnable. Je pense à ce géant depuis des années, depuis qu'au musée du Vieux-Toulouse j'ai découvert le moulage de sa grande main et un sabot dans une vitrine, Jean-Pierre Mazas chaussait du 54. Bien sûr, ce n'est pas seulement pour cela qu'il me fascine tant. Ce n'est pas non plus parce que mes propres ancêtres, à cette même époque, étaient des travailleurs de la terre. Un autre point, certes moins consistant, aurait pu ensuite motiver l'enquête : Jean-Pierre Mazas est mort à l'âge que j'ai aujourd'hui...

Qu'est-ce que son histoire peut dire de notre présent ? Sa vie pose la question de la singularité d'un être dans son époque, de la chance comme un fardeau, du talent et de ses dangers. Qu'est-ce que cette histoire peut raconter de moi-même ? De chacun de nous ? Au moment où je pose le pied à Montastruc, j'ai très peu de matière : un acte de décès et quelques articles anciens aux informations enjolivées et contradictoires. Tous ceux qui ont connu le Géant-de-Montastruc sont morts et enterrés depuis fort longtemps. Il me faudrait un hasard favorable, et il va survenir.

Le château domine l'esplanade. J'ai longé le haut mur avec l'envie de passer par-dessus le chaperon moussu. Marc Teulade y est mort en 1935. Sa fille unique y mourra aussi, en 1977, à l'âge canonique de 99 ans. Grâce à elle, la famille s'est anoblie par un mariage avec le baron de Batz de Trenquelléon, lequel, né à Arles, décéderait en 1909 à Montastruc. Comme leur fils Marie Joseph Marc Manaud, mais beaucoup plus tard, en 1988.

Le château actuel a été rénové en 1893 par Marc Teulade. Il s'agirait plutôt d'une grande maison de maître avec de fausses tours aux toits d'ardoise pointus. Du lierre, encore jeune ou malade, court sur toute la façade, y compris sur les nombreux volets clos. Le géant a-t-il jamais franchi les grilles de ce château ? Il était employé par le maître des lieux, alors, sous un prétexte ou un autre… Ce n'est plus vraiment le même château. Il a été gravement endommagé par un incendie en 1942. Les dépendances ont disparu. Hormis cela, d'allure, il n'a sûrement guère évolué. Les modestes tours sont octogonales alors qu'elles étaient rondes, peut-être.

La tentation de pénétrer en douce dans le parc persiste. Cela serait possible par l'avenue du Chemin-de-Ronde qui descend à la voie ferrée, ou par la rue du Château. Mais lorsque je parviens tout en bas, un homme apparaît, sortant du bois. Ni lui ni moi ne montrons de surprise, comme si c'était bien naturel que nous nous croisions là, ce samedi de printemps. Ses vêtements sont caractéristiques. Un chasseur, mais sans fusil, auquel je demande aussitôt ce qu'il fait là, comme si cela me regardait.

« Les renards… »

La réponse est brève mais elle semble expliquer beaucoup de choses. Et moi ?

Est-ce l'instinct de l'enquêteur ? Un certain goût du jeu ou une confiance aveugle ? Je réponds :

« Je prépare un livre sur un personnage insolite de la commune…

– Le géant ? »

À cet instant, je sais que ce projet n'est plus une vague envie, que soudain il devient une nécessité absolue, que d'une certaine manière il prend forme là, que cette déroutante rencontre exige maintenant que je le mène à terme, que peut-être désormais il me faudra rendre des comptes !

Ensemble, nous finissons de descendre la route pour aller nous accouder au pont qui franchit le chemin de fer. L'homme parle du pays. Ça a bien changé depuis ce temps-là. Bientôt, il confie :

« J'étais secrétaire de mairie et j'ai fait un dossier sur lui… Demandez-le à Sylvie. »

N'est-ce pas trop beau pour être vrai ? Un chasseur sans fusil sorti des bois peut-il être la clé de mon enquête ? N'y a-t-il pas là une part d'ironie, une autre de magie ? N'est-ce pas même l'effet de quelque force occulte ? Je suis si proche de l'endroit où Jean-Pierre gît. Serait-ce sa volonté ? J'ai naguère pratiqué le spiritisme, j'avais un certain fluide, avant de prendre peur. Je balaie ces pensées irrationnelles. Quel prodigieux hasard ! Quelle chance !

« Et la ferme de Tifaut, vous pouvez me dire où elle se trouve ?

– Tout près, par là, derrière les grands arbres… Vous pourrez la voir en faisant le tour par Bourc… »

Pourquoi cette précaution ? Pourquoi ne pas s'y rendre simplement ? Il ne sait pas de quel bois je suis fait !

D'abord, une belle prairie parsemée de boutons-d'or et d'orchidées. Un rossignol chante au bord du ruisseau. Et puis bientôt un petit chemin bitumé qui grimpe entre des clôtures. D'une prairie un poney m'observe, placide. La pente est forte mais la ferme apparaît très vite. L'herbe est verte tout autour, sauf dans les champs dont la végétation a viré au rouge à cause d'un traitement brutal.

La ferme, toute de brique et de tuile rouge, est comme un chapeau plat posé sur la colline. Ce qui surprend aussitôt, c'est l'entrée monumentale, disproportionnée. Le porche, voûté et profond, est si haut que l'on pourrait croire qu'il a été construit à dessein. Une girafe le franchirait sans presque ployer le cou. Il s'agit de la partie la plus haute de la ferme qui s'organise en carré parfait, de plain-pied. De part et d'autre de l'entrée, les murs sont en partie effondrés et mangés par le lierre. L'habitation proprement dite est flanquée de vastes granges. Du centre de la cour herbeuse, en dépit des bois qui couvrent les collines alentour, j'aperçois le château. Jean-Pierre apparaît près du puits. Malgré les fils électriques et les épaves de voitures çà et là, je le vois partout depuis le bas du chemin. Il s'en revient avec son cheval après avoir creusé son dernier sillon. Les enfants lui courent dans les jambes. Il leur passe la main dans les cheveux. Marie-Adèle est sur le seuil. Il fendra encore un peu de bois avant la soupe. N'est-ce pas ce bon Hippolyte qui, là-bas, s'en retourne à Couderc ?

Jean-Pierre Mazas s'est marié à Montastruc le 19 novembre 1878, avec Marie-Adèle Gérémie, née à Saint-Sulpice, canton de Lavaur, le 1er février 1863. Pierre Gérémie et Jeanne Rivals, agriculteur et ménagère, ont eu Marie-Adèle sur le tard – lui avait 50 ans, elle 40. La différence d'âge est importante aussi entre les mariés. Jean-Pierre est déjà un homme mûr, Marie-Adèle encore une adolescente, elle n'a que 15 ans !

Aussitôt l'esprit s'enflamme ! Où se sont-ils rencontrés ? À quelle foire ? À quelle fête de village ? À Lavaur, Saint-Sulpice ou Montastruc ? L'irréparable a-t-il tout de suite été commis ? La morale condamne alors l'abandon d'une fille enceinte. Est-ce à dire qu'il fallait réparer la faute sur-le-champ ? J'imagine un scénario épique. Le coup de foudre ! L'improbable liaison ! L'enlèvement de la belle par la bête, le mariage en secret et l'enfant qui naît exactement neuf mois plus tard. Alors, seulement, il sera possible de revenir à Montastruc, unis par la loi, en famille officiellement fondée. Cela n'empêchera pas les médisances, mais qui viendrait chercher les poux sur la tête du mari ? Il faudrait une grande échelle, et quel courage !

Mais les choses sont plus simples, moins romantiques. Le mariage est célébré par monsieur le maire, Alexandre de Latour, devant toute la famille réunie, dans la maison commune, portes grandes ouvertes. Il y a Cécile Sol, la mère de Jean-Pierre, accompagnée de Jean-François Molinié, tisserand à Lavaur, qu'elle a épousé en secondes noces et qui l'assiste. Les parents de Marie-Adèle, qui commencent à se faire vieux et habitent désormais à Montastruc, sont là aussi. Ils se sentent rassurés. Que serait devenue leur fille si, soudainement, il leur était arrivé malheur ? Pas à dire, Jean-Pierre est un valeureux. Marie-Adèle, qui a bonne éducation – elle sait écrire son nom – est entre de bonnes mains. Cécile doit être satisfaite aussi : son grand fils trouve enfin chaussure à son pied...

Les témoins sont nombreux. L'acte est signé, entre autres, par Pierre Merle, François Ruffat et Arnaud Albert, respectivement cultivateur, limonadier et garde champêtre. Les règles ont été respectées. Un contrat de mariage a été fait devant notaire à Montastruc. Les bans ont été publiés les dimanches 27 octobre et 3 novembre sans qu'aucune opposition soit intervenue.

Sieur Jean-Pierre Mazas et demoiselle Marie-Adèle Gérémie sont unis par le mariage. L'acte, curieusement, indique que Jean-Pierre est résident de Montastruc. C'est d'autant plus étrange que Jean-Pierre et Marie-Adèle vivent aussitôt à Lavaur, où ils sont agriculteurs et donneront naissance à leur premier fils. À Montastruc, la famille ne sera définitivement installée que quelques mois plus tard.

S'agit-il d'une erreur d'écriture involontaire ? Ou bien d'un pur mensonge, manière d'anticiper un projet concret ? Peut-être était-ce le désir de Marie-Adèle de vivre près de ses parents ? C'était décidé, ils habiteraient à Montastruc, mais encore fallait-il attendre qu'une métairie se libère. Était-ce une promesse faite par Marc Teulade qui avait très vite compris le profit qu'il pourrait tirer d'un tel gaillard ?

Moins de cinq lieues séparent Montastruc de Lavaur. Jamais alors on ne s'aventure très loin. François naît donc dans le Tarn le 11 septembre 1879. Dix mois se sont écoulés. La jeune fille n'était pas enceinte au moment du mariage. L'enfant est normal.

VI.

Le portrait

Le meilleur portrait que nous ayons n'est pas daté, mais Jean-Pierre Mazas y est jeune. Il a été exécuté au crayon par un dénommé J. Vidal.

Il s'agit d'un plan serré qui laisse imaginer l'énorme stature. Les épaules n'apparaissent pas entières mais ce qu'on en voit impressionne. Plusieurs colombes pourraient s'y tenir côte à côte comme sur une solide branche.

C'est bien le portrait le plus avantageux que nous possédons. Il en existe d'autres, plus tardifs, plus perturbants, qui dérangent le regard. En 1894, le professeur Édouard Brissaud écrira dans son rapport que le malade a une tête au maxillaire très proéminent, *une figure tout en mâchoire.*

Le portrait de Jean-Pierre Mazas jeune ne montre pas un tel défaut. On est surpris plutôt par la régularité des traits, le bon équilibre du visage, les pommettes hautes, les lèvres fines, le regard franc. Les oreilles sont dégagées et on ne voit pas les cheveux à cause du chapeau. Jean-Pierre Mazas a alors un visage très affirmé. Il se dégage de lui une force tranquille, indiscutablement.

Sur ce portrait, Jean-Pierre Mazas est habillé avec soin et élégance, comme un dimanche, pour aller à la messe. Il porte un chapeau donc, dont la taille est trompeuse à cause de sa grosse tête – sur un autre, ce chapeau serait grand. Le col de sa chemise, plus italien que français, paraît petit aussi, mais la cravate est ainsi mise en valeur. La chemise est de couleur blanche, le costume (gilet et veste) bleu foncé peut-être, plus vraisemblablement noir.

Ce portrait montre Jean-Pierre Mazas jeune et en bonne santé. Il a sans doute été exécuté par J. Vidal à la fin des années 1860 ou au début des années 1870. Jean-Pierre Mazas a une vingtaine d'années. Il ne peut alors probablement pas imaginer qu'il rencontrera un jour la gloire.

DEUXIÈME PARTIE

VII.

Le bon Jean-Pierre

Ce pied ! Jamais pareil pied n'a foulé cette terre. Ou alors dans des temps anciens, des temps mythologiques !

Jacques-Joseph naîtra, lui, à Montastruc. Plus simplement prénommé Joseph, ce second fils racontera en 1967, soixante-six ans après la mort de son père, comment tout petit il l'accompagnait joyeusement sur les champs de foire.

Joseph termine alors sa vie à Gémil. Vieillard coiffé d'un béret, il pose devant l'œil du photographe avec une chemise blanche de son père, si grande qu'il disparaît tout entier derrière. La chemise déployée prend presque toute l'image. Seule la tête de Joseph dépasse. Il confie au journaliste :

« Mon frère et moi n'étions pas des anges et nous faisions souvent des bêtises qui auraient bien mérité une bonne correction, pourtant je n'ai jamais vu cette main, capable de nous arracher la tête du corps, se lever sur qui que ce soit… »

Papa était un homme débonnaire et affectueux, et il a eu une vie héroïque !

De toute évidence, comment lui en vouloir, Joseph enjolive. Avec ses yeux d'enfant, il ne pouvait le voir comme il était vraiment. Papa était grand, pas de doute, et il apparaissait même plus grand encore. Il le serait toujours ! Quand il devint lui-même adulte, Joseph ne remarqua sans doute pas que son père avait alors beaucoup changé. Lui, son frère François et sa sœur Rosalie auraient-ils pu d'ailleurs le concevoir, l'accepter ? Ne se sont-ils pas voilé la face ? Et puis ensuite la mémoire se transforme et embellit, pour ne garder que les beaux souvenirs, seulement les beaux souvenirs. Nous y reviendrons. Ne mettons pas la charrue avant le cheval !

Dans ces campagnes, il n'est guère de plaisirs et de joies. Coule la sueur, s'épandent les peines. Le paysan est à plaindre. Il en est, d'ailleurs, qui fuient le village. Ils s'en vont dans les villes où ils travaillent dans les usines, jusqu'à la prochaine crise, et alors ils reviennent au pays quand cela est possible. Ils n'y sont pas toujours bien accueillis. Car, à la campagne, les enfants continuent à naître, et s'accentue ainsi le morcellement des terres. La propriété ! Posséder un lopin reste l'idéal à atteindre, le rêve. Même si le bien péniblement acquis, souvent tard dans la vie, est la plupart du temps dérisoire. Il est loin d'assurer au paysan l'indépendance et un véritable statut social. Alors il faut, encore et encore, se louer à de plus gras. La campagne est pleine de prolétaires ruraux, domestiques et métayers souvent naïfs. Les parcelles diminuent et les prix grimpent. Ceux qui persistent dans leur rêve s'endettent, à des taux usuraires, auprès d'odieux notables, de malins nobliaux. Et c'est souvent le drame de l'expropriation qui les guette, les jette alors sur les chemins, les condamne au vagabondage et à la mendicité.

Est-ce possible que sa puissance de travail permette à Jean-Pierre, en dépit de sa jeunesse, de s'enrichir et d'acquérir un petit lopin ? Cela le rendrait-il alors plus vulnérable ? L'obligerait-il à multiplier les travaux ? Il est si fort.

La raclée de Sedan a laissé des traces. Alors, bien sûr, la Troisième République, de Gambetta à Ferry, d'audaces prometteuses en revirements affligeants. Alors, bien sûr, la liberté d'expression, l'essor de la presse d'opinion, la gratuité de l'école primaire, l'obligation scolaire jusqu'à treize ans. *La Marseillaise* est choisie comme hymne national en 1879. Le 14 juillet devient fête nationale en 1880. Victor Hugo meurt en 1885. C'est qui celui-là ?

Qu'importe à Jean-Pierre que l'on fasse alors disparaître les crucifix des salles de classe. De son temps, les enfants de la campagne allaient fort peu à l'école. Son français est si rudimentaire que Jean-Pierre se refusera presque toujours à parler autrement que dans son patois.

Jean-Pierre serait plutôt intrigué par cette tour immense qui s'élèvera bientôt dans le ciel de Paris. C'était un projet spectaculaire, une tour qui aurait enjambé la Seine, deux pieds sur la rive droite, deux autres sur la rive gauche. Mais l'architecte Eiffel a remporté la mise. Les travaux de terrassement ont commencé et n'en sont pas moins pharaoniques. Une armée de travailleurs a envahi le Champ-de-Mars. On y pioche et creuse. On croirait une fourmilière. Des montagnes de terre sont emportées dans des charrettes tirées par des chevaux ou dans des wagonnets poussés sur des rails. Le chantier change sans cesse. C'est à se perdre et se blesser entre les matériaux et les amoncellements, une vaste tranchée là et une longue crête de terre et de moellons ici, des précipices et des gouffres. Tous les piliers sont attaqués, celui-là a reçu son béton, celui-ci montre déjà une grande échancrure d'acier. La tour fera 312 mètres de haut. Jean-Pierre est un géant dans un monde qui aspire au gigantisme. Jean-Pierre serait intrigué par tout cela, à n'en pas douter, mais il ne connaît encore de ce monde que quelques lieues à la ronde.

La nouvelle République entend assurer par l'éducation une promotion des petits tout en respectant la propriété et le capital. Mais il y a eu le désastre de Sedan… Amputée de l'Alsace-Lorraine, la France souffre. Son industrie surtout. Les manœuvres de relance sont sans réels effets. La révolution des transports met à mal le monde rural. Nouveaux transports, nouvelles menaces… Le marché mondial tire les prix vers le bas. Des produits agricoles s'en viennent de l'Amérique, d'Ukraine ou d'Australie. Les répercussions sont redoutables. Dans la foulée, les prix de la rente foncière et du sol s'écroulent. Aussi, les ouvriers qui seraient tentés de revenir se réfugier dans leur campagne d'origine feraient bien d'y réfléchir à deux fois. La misère se propage. La situation s'envenime un peu partout. Decazeville connaît une grève sanglante. Des milliers de chômeurs se rassemblent à Paris. À Marseille et à Arles, des ouvriers font la chasse aux immigrés italiens. La vilaine histoire, décidément, toujours se répétera.

Jean-Pierre se moque de tout cela. Lui parviennent des rumeurs mais, à Montastruc, tout est calme.

Jean-Pierre est désormais bien connu dans le canton. Ressent-il de la fierté ? Est-ce un sentiment qu'il peut éprouver ? Ses exploits ne se comptent plus. D'un air tout à fait naturel, il accomplit des tours de force prodigieux. Du sol il sort la racine d'un chêne comme on arrache une dent de lait. Le vieux meunier ne sait comment vider sa charrette.

Son commis est souffrant. Qu'à cela ne tienne ! Les sacs de farine font 100 kilos mais, un sac sous chaque bras, en peu de temps la grange est pleine. Un autre jour, pour aider le limonadier de la rue du Four, Jean-Pierre saisit à bras-le-corps une barrique de 200 litres de vin, et pour cela point besoin de poulain ! Le bon Jean-Pierre ! Mais c'est bien vrai ce qu'on disait, il pourrait prendre le travail de tout le monde !

VIII.

Tout un monde !

Le sport dans sa forme moderne en est à ses balbutiements. Certes, on écrit là à propos d'une course de vélocipède ou d'un concours hippique, c'est à peu près tout. Dans le journal, l'annonce est faite, mais on rend compte rarement. L'humain se plaît cependant à la performance. Il y a des précurseurs. L'époque inspire.

L'homme-vapeur se propose ainsi de faire à Mazamet une course de 30 kilomètres en 1 h 47. Les personnes qui relèvent le défi doivent s'adresser à l'Hôtel du commerce. L'homme-vapeur ne craint ni chevaux ni coureurs ! Deux paris de 500 francs sont tenus. Lui dépose 5 000 francs pour servir de garantie aux parieurs. Malgré son jeune âge, sa réputation est grande. Il a déjà fait, ce n'est pas vieux, le tour de Paris, 44 kilomètres en 2 h 47. *Kilométriste infatigable,* il s'est illustré au détriment des plus fameux, l'homme-cheval, l'homme-locomotive ou l'homme-éclair ! Ces coureurs courent longtemps car ils ont une bonne hygiène. Leur boisson préférée ? De l'huile de cuisine, mélangée au rhum ou à la menthe.

500 francs. C'est une somme. Cela suffirait à Nana, dans le roman d'Émile Zola, pour payer ses créanciers, le loueur de voitures, la lingère, le charbonnier et puis surtout la nourrice de son petit. Sur le marché d'Albi, le kilogramme de canard vivant est à 1,80 franc, l'hectolitre d'avoine à 9 francs, le quintal de charbon de bois à 11. La Maison Thorel, de Castres, propose le complet à 14 francs.

Souvent, les défis sont lancés sur le champ de foire, parmi les montreurs d'ours, les belluaires, les cracheurs de feu, les avaleurs de sabre et de fourchette. Tout un monde !

Des foires et des marchés, il y en a partout. De Parisot à Gaillac, de Carmaux à Giroussens, de Cordes à Pampelonne.

Sur le foirail de Lavaur, le géant fend la foule qu'il domine de deux têtes, pas moins. On s'est habitué. On se permet de l'appeler simplement Jean-Pierre. Comment ça va aujourd'hui, Jean-Pierre ? Qui ne serait pas fier de l'avoir dans ses murs ? Mais il n'est guère loquace, le géant. Il hausse ses grandes épaules. Il roumègue. La vie est trop dure pour gaspiller sa salive. Sa silhouette continue dans le tohu-bohu. Une silhouette qui, au soleil, couche sur le sol une ombre dans laquelle pourraient chahuter à leur aise plusieurs garnements.

Il faut voir un peu ! Se croisent, se coudoient, se mêlent, se bousculent carrioles et voitures à bras, bougres en sabots et bourgeoises à chapeau, chalands et ménagères, banquistes et colporteurs, saltimbanques et rémouleurs, petits camelots et charlatans, marchands de baumes et de poudres miraculeuses. Les loges et les baraques foraines de toutes tailles remplissent la place et débordent dans les rues. Les loges proposent des denrées périssables, mais aussi des paniers en osier, de la porcelaine, des serrures, de la quincaillerie et toutes les fariboles. On divague entre les manèges en bois et le tir aux pigeons, les ménageries et les bistros de plein vent. C'est un flot continu de gens gourmands, curieux, versatiles. Les girandoles font joli entre les mâts et les arbres. Et l'on se presse aux entresorts pour voir les phénomènes : la femme-torpille, les enfants siamois, l'homme-poisson, les hercules, la femme à barbe. Et voilà que retentissent les cuivres d'un orchestre ! Tout là-bas, ça vient de l'arène !

Louis-Napoléon Bonaparte n'était pas encore Napoléon III, Jean-Pierre n'avait pas encore 6 ans, quand Exbrayat, ancien grognard de l'armée napoléonienne, inventa la lutte à mains plates. Il en jeta les bases à Lyon et la discipline se perfectionna à Bordeaux. Et bientôt, dans tout le pays, de solides gaillards se lancèrent des défis !

La règle est de ne pas attraper l'autre au-dessous de la ceinture. Les prises et torsions douloureuses sont interdites. On ne blesse pas l'adversaire. Ça change des autres pugilats. Le public apprécie.

La lutte est à la mode. Il faut dire qu'il existe déjà d'illustres lutteurs. Comme les frères Marseille. Un jour, Henri, l'aîné, meunier de métier, partit à Paris pour défier Arpin-le-Terrible, un Savoyard, un invincible. Le combat eut lieu et le meunier vainquit ! On lira plus tard sur sa tombe : « Ici repose Henri Marseille dit Le Meunier de Lapalud, champion de lutte gréco-romaine, qui par sa force et son courage a porté très loin le renom de son village… »

Exbrayat emploie désormais les frères Marseille. Les lutteurs de Rossignol-Rollin sont renommés aussi. Les troupes ambulantes sillonnent jusqu'aux contrées les plus reculées, à la belle saison, de fête foraine en foirail. La lutte déchaîne les passions. Elle se pratique désormais dans les gymnases. Les grands tournois attirent des foules immenses. Mais c'est également dans les cabarets que l'amateur regarde lever les poids et assiste à des combats.

La barbe, la femme à barbe ! En ce moment, il en sort de partout. Il y en a même qui trichent. De leur côté, les saltimbanques ne sont pas toujours drôles. L'un d'entre eux, farouche et cruel, donne une représentation. C'est l'homme-chat. Il se met à quatre pattes et s'amuse à courir après de gros rats, dont il casse les reins avec ses dents puissantes. Mais soudain, un chien, une sorte de molosse, franchit d'un bond la barrière qui le sépare des spectateurs, et l'homme-chat de provoquer le maître du chien, un paysan du coin : « Je parie que sans le secours de mes mains, je tue votre chien à coups de dents. » Pari tenu ! Quelqu'un attache dans le dos les mains du saltimbanque et un combat atroce s'engage. Le molosse plante ses crocs dans la gorge de l'homme. Ne pouvant se servir de ses mains, celui-ci se dégage avec les pieds. Le sang coule. Des femmes hurlent d'arrêter, les parieurs vocifèrent qu'il ne manquerait plus que ça ! Mais déjà l'homme-chat rampe et mord la bête à la narine. Enivré de sang, le chien enfonce sa mâchoire dans son bras, puis lui fouille la poitrine. Le saltimbanque, les yeux hors des orbites, parvient à nouveau à se dégager, laissant dans la gueule du molosse des lambeaux de chair pantelante. L'homme-chat puise alors dans ses dernières forces et, enfin, furieusement, lui attrape la gorge et tranche sa carotide. Les spectateurs applaudissent et une voix se désole : « Quel dommage que l'homme ait gagné la partie ! Moi qui avais parié pour le chien, je suis en perte ! »

C'est mieux, la musique ! L'orchestre a entamé une valse épatante, qui entraîne la foule, la fait grossir encore devant l'arène athlétique.

IX.

Vers la gloire

Le pitre finit d'exécuter ses acrobaties. Toujours plus de badauds se pressent devant L'ARÈNE ATHLÉTIQUE – c'est marqué en lettres énormes sur le fronton de la baraque. La parade est installée sous les arbres. Le public sera bientôt invité à gravir les marches, à courir au contrôle et à remplir les gradins. Mais encore faut-il le convaincre ! Le moment est venu. Le bonisseur fait taire l'orchestre, les dernières notes des cuivres meurent et il embouche son porte-voix. Le boniment est bien rodé. La foule n'est plus qu'une masse silencieuse, un fouillis de têtes captives. Le bonisseur est entouré de ses vénérables lutteurs. Poitrine épaisse, biceps noueux, le corps moulé dans des maillots chair ceinturés de rouge. Les bras croisés, ils parcourent le public d'un regard supérieur, comme s'il s'agissait d'un ramassis de vulgaires croquants. Ils sont prêts à de magnifiques assauts, à de furieuses étreintes ! Et le maître de cérémonie de louer maintenant leurs mérites homériques, leur beau tempérament mythologique. Héraclès, à côté, était un gringalet, oui, mesdames et messieurs. Fallait-il qu'ils n'aient eu que lui, ce jour-là, pour vider les écuries d'Augias ? Des murs de chair et d'os. Ils ont la moustache hérissée, le sourcil broussailleux. Qui osera se mesurer à eux ? Un lutteur, torse nu, fait jouer ses pectoraux. Un autre est drapé dans un péplum rouge frangé d'or, il est plus petit et plus calme mais il ne faut pas s'y fier. Ils sont invincibles, *intombables,* dieux vivants, Goliath !

« Mais n'oubliez pas, bonnes gens, la lutte n'est pas un combat, c'est la première gymnastique du monde ! »

Le bonisseur promet néanmoins que les arrogants auront bientôt la patte plus basse et la gueule moins haute !

« Messieurs, c'est pour avoir l'honneur de vous remercier ! »

En ces années-là, la lutte n'est déjà plus ce qu'elle était. Une certaine moralité s'est perdue. La noblesse des premières heures n'est plus. Les gens ne sont pas dupes. La plupart des combats improvisés sont désormais truqués. Des compères sont engagés pour faire le chiqué, relever les défis, descendre dans l'arène comme des morts de faim et, bien sûr, finir comme le Christ en croix dans la sciure. Les chiqués sont engagés parmi les professionnels dans les grandes villes, au hasard dans les campagnes, où la parade n'est pas toujours à la fête, ça peut même tourner au désastre. Dans les campagnes, il y a des forces de la nature, des lascars peu subtils, incapables de respecter les règles et de s'en tenir à l'accord passé. Pas même de salut, de mise en garde. Le grossier se rue sur le lutteur qui, en moins de deux, est culbuté. Alors l'ambiance tourne au vinaigre. D'abord attirée par la supériorité musculaire des athlètes, la foule prend aussitôt le parti du plus faible, de ce bougre inconscient qui a relevé le défi et a rejoint le dieu dans l'arène. La parade n'a plus alors qu'à démonter la baraque, replier les toiles et reprendre la route.

Jean-Pierre Mazas, un beau jour, a-t-il relevé un défi ? À quel moment a-t-il commencé à s'illustrer sur les foires ? Il aurait été célèbre comme lutteur pendant huit ans, jusqu'en 1885. Ainsi ses plus anciens combats dateraient de 1877… Peu avant son mariage, donc. Marie-Adèle aurait-elle été séduite par le géant à l'occasion d'une exhibition ?

Jean-Pierre Mazas se présente de lui-même à la parade. Ou bien un compère le titille, lui parlant d'anciennes gloires. De Dupontavilène, le Colosse-de-la-Garonne. Ou de cet humble paysan de Rouergue, *hier lampion aujourd'hui soleil* ! Oui, le Chêne-de-la-Grésigne, le Tombeau-des-lutteurs !

Ces deux-là parmi pléthore de fiers-à-bras accouchés de leur terroir ingrat et dont le seul salut était le combat d'homme à homme. Pourquoi, lui, ne reprendrait-il pas le flambeau ?

Montastruc aura ainsi son idole. Mazas sera le Géant-de-Montastruc ! Le Colosse ! Le Laboureur ! Ou tout simplement Jean-Pierre !

Mazas, le patronyme est banal. D'ailleurs, le maire de Lavaur, à cette époque, s'appelle Étienne Mazas. Pas de lien de parenté apparemment. Ce Mazas-là est aussi un personnage. Bientôt, il est révoqué, et il poursuit – démarche insolite – le préfet du Tarn en diffamation. Mazas, c'est également le nom d'une prison modèle à Paris. Mieux vaut encore s'appeler Jean-Pierre, tout court.

Jean-Pierre sera glorieux, mais il continuera à travailler la terre. Il s'est engagé auprès de Marc Teulade. Et puis que serait sans lui l'existence de Marie-Adèle, et du petit François, Joseph étant encore à venir ? En outre, il ne se ferait pas à la vie nomade. Il n'exercera pas dans une troupe ambulante.

Jean-Pierre triomphe dans tous les combats qui l'opposent aux champions de la région. Sa grande taille l'oblige parfois à combattre à genoux. Sa réputation est telle qu'elle déborde et excite l'orgueil des lutteurs de la France entière. Jean-Pierre est plus célèbre que les brosses et les bonnets de Lavaur !

Toulouse devient bientôt le théâtre de ses plus formidables succès. Toulouse n'est plus très loin de Montastruc, ne l'a vraiment jamais été. Autrefois, il fallait longtemps en carriole d'un point à l'autre. Maintenant, le train change tout. Un soir, un terrible incendie a ravagé le magasin de bois de Montastruc. Le ciel en était éclairé comme en plein jour. Une nuit entière à faire la chaîne. Jusqu'aux sœurs institutrices qui ont porté les seaux. Les flammes se voyaient depuis Toulouse, d'où les pompiers sont venus rapidement à la rescousse.

La gloire ! Dans *L'Hercule du Nord*, le roman de Léon Ville, sur le champ de foire de Bordeaux, parmi tous les célèbres lutteurs que rencontre son héros, parmi Toblet l'Homme-aux-Muscles-de-Fer, Pierre le Taureau-de-la-Camargue, Felez l'Ours-des-Pyrénées, Combert l'Homme-de-Bronze, Bouvet l'Homme-Canon, Bastien le Grand-Tombeur, Abdulac le Rempart-de-Bayonne, Eugène l'Anguille, Antoine Sans-Pitié, Tralet l'Indomptable-Arlésien, parmi tous ceux-là et beaucoup d'autres célébrités, Mazas est Jean-Pierre l'Enfant-de-Montastruc.

Un enfant, ce grand bonhomme ? L'intention de l'auteur était sûrement quelque peu ironique. Mais cela dénote aussi, à n'en pas douter, une réelle affection. Gageons que beaucoup devaient se demander tout de même où se trouvait Montastruc.

X.

La lutte, c'est la vie !

Jean-Pierre a pris le train. Il voyage léger. Dans son sac, il n'y a que son habit d'athlète et un linge pour s'essuyer. Il sort de la gare et se fraie un chemin à travers les fiacres et les omnibus. Au passage, il caresse un cheval. Un automédon, Toulousain de fraîche date, s'étonne de ce personnage qui domine au milieu des équipages. Un autre hoche la tête, respectueux – il a eu un soir l'occasion de reconduire le géant après le Casino musical.

Jean-Pierre franchit le canal, tourne le dos à l'école vétérinaire et remonte l'allée Lafayette déjà très animée. Il dépasse les manèges de bois, puis les cages-roulottes où tigres et lions tournent en rond. Un peu plus loin, après le palais des glaces, il croise des phénomènes en pleins préparatifs, qui le saluent bien bas. Ainsi la femme-colosse, qu'une image naïve montre le corsage ouvert, une couronne sur la tête. À l'intérieur de sa baraque, pour

1 franc, elle découvre et laisse même toucher sa cuisse énorme, gélatineuse.

Un beau soleil de printemps éblouit les façades. Le vent d'autan fait claquer les persiennes et s'envoler les layettes, corsets et chemises pour dames. Jean-Pierre marche encore un peu entre les baraques, en direction du square Lafayette, puis s'écarte et pénètre bientôt dans un petit salon de coiffure où il se sent bien. S'y trouvent un homme corpulent, le prochain client, mais aussi Jacques, Augustin et Barthélemy qui ne sont plus gênés en sa présence et l'accueillent comme tout un chacun. Barthélemy a levé brièvement les yeux de sa *Dépêche*, et les autres, après un vague signe, se sont remis à bayer aux corneilles. Ce n'est pas qu'ils s'habituent, mais ils ne vont pas passer leur temps à le regarder comme une bête curieuse. Jean-Pierre est une vedette, d'accord, mais Toulouse en a eu d'autres, et de fameuses ! Té, comme Jean-Baptiste Auriol, dont la famille était aussi originaire de Lavaur, par là-bas. Le clown Auriol ! Il traversait des cerceaux garnis de pipes sans en toucher une seule, franchissait à la batoude vingt-quatre grenadiers croisant baïonnettes, dansait en jouant du cornet à pistons sur les goulots d'une vingtaine de bouteilles dressées sur un piédestal ! « S'il ne vole pas, avait écrit Théophile Gautier, c'est par coquetterie ! » Ah ! et puis l'acrobate Jules Léotard. Le garçon était né dans les agrès, une invention de son père. Comme Auriol, il avait fait les beaux jours du Cirque Napoléon, à Paris. Jules, le premier à avoir accompli un saut périlleux entre deux trapèzes. L'artiste volant ! Jules, parti trop jeune ! Les filles étaient folles de son corps. Le petit gars de Toulouse ne s'ennuyait pas dans les coulisses… Mais comme tout le monde, Jules dormait maintenant au cimetière de Terre-Cabade !

Jean-Pierre attend sagement son tour. L'artiste des ciseaux plaisante souvent, disant qu'il a rarement l'occasion de couper autant de cheveux sur une seule tête ! Une tête, il en est tombé une il n'y a pas si longtemps. On en a parlé dans un journal qui traîne par là. On a conduit le condamné à l'échafaud. L'abbé l'a exhorté à bien mourir et à accepter les consolations de la religion. On l'a mis dans la lunette et la lame a tranché. Le corps sans tête a eu *un tressaillement formidable* et on l'a précipité dans le panier-cercueil, alors que les jambes s'agitaient encore avec force. Plus tard, on a apporté le corps à l'école de médecine. La tête a été recousue. On a appliqué des piles électriques ici et là et les effets ont été réellement surprenants. Le visage s'est contracté. Les yeux ont repris l'apparence de la vie. Les oreilles ont remué. Le corps entier a eu des mouvements nerveux, comme en proie à une émotion violente.

C'est glaçant. Cela vous passerait l'envie de tuer ! Jacques, ça lui retourne l'estomac, il veut chasser ces images de sa tête et, quand le gros monsieur prend son tour, il lance, comme s'il avait attendu impatiemment ce moment :

« 2 francs, Jean-Pierre, que tu ne soulèves pas ce brave client dans son fauteuil ! »

Barthélemy interrompt sa lecture pour assister à la prouesse. Il ne se passe pas cinq secondes avant que Jean-Pierre, toujours de bonne composition, se dirige vers le fauteuil, se baisse et, d'une seule main, le soulève, avec le gros homme accroché aux accoudoirs, et qui, sans trop comprendre ce qui se passe, soumis à la force tranquille du géant, se voit s'élever lentement dans le miroir, au milieu de tous les visages hilares.

De sa poche, Jacques avait déjà sorti ses 2 francs. C'était pour lui moins un défi que l'envie d'offrir un spectacle et de se grandir ainsi auprès des autres. Tout le monde ne peut pas mesurer 2,20 mètres. Il faut bien trouver des astuces !

Barthélemy replonge dans sa *Dépêche* et, bientôt, écarquille les yeux d'amusement. Un boniment s'est glissé entre l'expédition française en Tunisie et *Le Crime d'Orcival*, le roman d'Émile Gaboriau qui paraît alors en feuilleton. Le boniment rappelle que la lutte est plus qu'un noble passe-temps, elle devient presque une institution ! La lutte, c'est la vie ! Et on annonce une lutte de femmes !

« Jeanne d'Arc est de retour, les amis ! s'enflamme Barthélemy. Écoutez ça ! *L'héroïne qui sauva la France n'est pas morte… elle est dans nos murs !… Que Toulouse accoure en masse admirer tout ce qui peut passionner et enflammer son imagination poétique... Ô ville trop heureuse ! Jeanne d'Arc attend, enveloppée dans son oriflamme glorieuse, tous les défis qui lui seront portés dimanche à la lutte du Casino. Elle se propose de terrasser autant d'adversaires que jadis elle fit mordre la poussière aux envahisseurs du sol sacré de la patrie.*

– Tout de même, ils y vont un peu fort ! juge Augustin. Ville trop heureuse ! Ils oublient que ça ne fait pas longtemps, nous étions dans l'eau, et pas qu'un peu ! »

Le souvenir de la crue de 1875 est vivace. Une ville ravagée, des *inondés* et des animaux morts partout, même accrochés aux arbres. Le maréchal Mac-Mahon, alors président, arrivé en train de Paris pour visiter la cité dévastée, avait déclaré que jamais il n'avait vu si affreux spectacle, même sur les champs de bataille.

Jean-Pierre s'est installé devant la glace, se tassant dans son fauteuil pour faciliter le travail du figaro. Barthélemy continue sa lecture.

« Oh ! Et on annonce une autre lutte, infernale, vertigineuse et abracadabrante ! On parle de toi, Jean-Pierre ! Té ! Tu vas affronter *à outrance* Jonathan l'Homme-de-Fer. *Dieu seul peut le vaincre, les hommes jamais !* 100 francs seront remis au vainqueur !

– Une bien belle somme ! » estime Jacques. Et le coiffeur d'enchaîner :

« Autant dire, Jean-Pierre, que tu es déjà plus riche de 100 francs ! »

XI.

Millehomme

L'Homme-de-Fer n'est somme toute qu'un hors-d'œuvre, comme Jean-Pierre en a déjà consommé de nombreux. Il existe des plats plus copieux, et ils arrivent !

Toulouse se réveille après l'hiver, quoique la cité languedocienne ne dorme jamais vraiment. Toujours un fiacre ou un cabriolet qui cahote allée des Zéphyrs ou place du Capitole, toujours le claquement des sabots sur le pavé entre les façades orangées, toujours des piétons dont les ombres s'étirent sous la lumière vacillante des becs de gaz, rue du Temps ou place Saint-Georges, toujours des habits noirs et des robes fanfreluchées qui remplissent les établissements de bouche et les théâtres. On s'empresse et s'amuse, on consomme et se promène, entre et ressort du Grand Hôtel Capoul place Lafayette, de la Maison Riche place Saint-Étienne, de tous les grands cafés du boulevard de Strasbourg, du Café Fize sous les arcades, du Bibent, à l'angle de Saint-Rome, où l'on dîne pour 2 francs ! On se régale. On va au spectacle. Toulouse bouillonne !

On donne *La Muette* de Portici au théâtre du Capitole, ou *La Dame aux Camélias*, comédie en cinq actes, au théâtre des Variétés. Au Casino musical, tous les soirs, se produisent The Brothers Raynors, les célèbres nègres virtuoses, Blenow et sa meute de chiens savants, ou le jeune équilibriste Romeo. Ce programme est noyé dans le journal, au milieu de la réclame, entre les *Pâte et Sirop d'Escargots de Mure*, *Pastilles anti-glaireuses de Spontoni* et *Le Vin Emménagogue, tonique et reconstituant de Madame Gailhard.*

Et voici que Millehomme ! Sa troupe ambulante se déverse à Toulouse en mars 1881. Millehomme fait un tour de chauffe contre les plus faibles, au Skating, puis il défie le redoutable géant. Millehomme se dit fier de savoir qu'il existe à Toulouse un homme dont la réputation est européenne. Il veut juger par lui-même. Il veut combattre ce héros !

Millehomme est l'athlète parisien à la mode. Glorieux parmi les glorieux ! Il a lutté dans plusieurs pays d'Europe et même, dit-on, aux États-Unis d'Amérique. Quinze ans sans aucune défaite. Il a soutenu la réputation française dans bien des concours internationaux. Les médailles qu'il a remportées couvriraient son vaste poitrail !

Cela va sans dire que Millehomme ne laissera à aucun autre lutteur de sa célèbre troupe le soin de corriger Jean-Pierre. Le combat est annoncé au Casino musical dimanche 20 mars, rue de la Poudrière. L'ambiance sera explosive !

Le plat de résistance ! La presse en parle ! On le sait, c'est un défaut, la presse glorifie souvent le déjà glorifié, fait connaître le déjà connu, et elle ressasse, même elle se déchaîne.

Millehomme défie Jean-Pierre ! Sur ses terres mêmes ! Paris vient à lui !

Et puis, enfin, arrive le grand jour ! Millehomme avise le géant. Il l'imaginait imposant. Il était encore loin du compte. Cette masse ! Ce n'est pas là un mur, mais une muraille !

Le beau style, les savantes prises – *tour de bras* et *ceinture de derrière*, *tour de hanche en tête* et *feinte de ceinture à rebours* – sont sans effet sur le Colosse. Le combat est bref. Millehomme mord la poussière et ce n'est pas qu'elle ait bon goût, mais il va en prendre l'habitude.

Jean-Pierre devient une obsession, et aussi, à n'en pas douter, une association lucrative. À l'occasion du second combat au Casino musical, quelques jours plus tard, Millehomme déploie tous ses talents, en commençant par une adresse fameuse au peuple de Toulouse.

« Le lion blessé rugit, se relève plus fort que jamais pour saisir sa proie.

Comme Antée, il a repris des forces en touchant la terre.

TOULOUSE,

Tu étais grande par le passé, aujourd'hui plus grande encore dans l'avenir. JEAN-PIERRE, le laboureur, le Géant-de-Montastruc, le grand vainqueur, cette gloire toulousaine dans les annales athlétiques.

Ce piédestal invulnérable sur lequel repose tout un monde de souvenirs, va, pour la dernière fois, redescendre dans l'arène et se mesurer avec MILLEHOMME, l'athlète parisien ! Étreinte sublime, accouplement délirant et terrible, heure d'angoisses solennelle et palpitante, moment d'émotion fiévreuse et saccadée pendant lequel ces deux champions redoutables vont déployer toute la force et toute l'agilité de leurs muscles d'airain et ravir les applaudissements frénétiques et réitérés d'une salle enthousiaste et ivre d'admiration.

Ô Pindare ! que n'ai-je ta plume éloquente pour chanter les prouesses de ces incomparables athlètes ! Que ne puis-je faire parvenir d'un pôle à l'autre le bruit de leurs exploits ! Que ne puis-je apprendre aux populations les plus reculées que Montastruc a vu naître et que Toulouse possède dans ses murs deux véritables montagnes humaines et un géant de bronze ! »

C'est dit. Du délire ! D'autres combats complètent la fête. Donato contre Davarson. Les frères Lacoque entre eux…

Le Casino fait salle comble. Des paris de 100 à 1 000 francs sont engagés. Le vainqueur empochera 100 francs et verra briller sur son buste une médaille d'argent.

Autant dire, comme le présagerait son coiffeur, que Jean-Pierre est déjà plus riche de 100 francs. Et en plus il y a la médaille !

Est-ce du masochisme ? Millehomme en veut-il encore ? Eh bien oui. Et ce sera une lutte homérique ! Et Rossignol-Rollin en tressaillira dans sa tombe !

Entré à Toulouse par le chemin de la victoire, Millehomme ne veut pas en sortir par celui de la défaite, ou c'en sera fait de sa réputation. Il lui faut une dernière revanche, éclatante, victorieuse, et à outrance.

« Que de cœurs vont battre dans les poitrines, en attendant la chute du vaincu et les lauriers du vainqueur ! Nous te ferons nos adieux, ville des élus ; à tes pieds nous déposerons des lauriers, et nous emporterons ton souvenir. À toi, Toulouse, prospérité, grandeur et gloire ! »

De l'outrance, il y en a. À la vérité, Millehomme et Jean-Pierre combattent encore deux fois.

Dans la foulée de sa victoire du dimanche 3 avril, comme si de rien, Jean-Pierre culbute aussi

Mathurin le Rempart-d'Avignon. Il y a de quoi enrager, en manger son péplum.

Tous les lutteurs toulousains se grandissent à l'aune du laboureur. Le même après-midi, Lacoque aîné lutte contre Gentil le Sanglier-des-Ardennes, Lacoque jeune contre Masagri le Foudroyant, Robert la Lame-de-Tolède contre Malouin l'Ours-noir-de-l'Ariège. Les vainqueurs luttent jusqu'à ce qu'il n'en reste plus qu'un !

L'homme-vapeur court toujours. Et l'intombable Millehomme mord la poussière de Toulouse tout le long du printemps, à quatre reprises, parfois sous une tempête de ricanements et de huées, d'injures et de quolibets, et ça ne lui suffit toujours pas !

XII.

La revanche

Nous imaginons, la rogne, le dépit, l'humiliation. Millehomme ne se résout pas à quitter la ville avec sa troupe. Il pourrait prendre le chemin de Bordeaux, berceau de la lutte où il glanerait sûrement des lauriers par brassées, mais non, tout l'été il sillonne la région, espérant une nouvelle revanche, préparant sa vengeance.

Fin août de cette année-là, Millehomme fait l'admiration du peuple d'Albi. Au Café de Bretagne situé boulevard des Lices, il écrase deux mastodontes : l'Homme-Masqué-de-Mazamet et le Rempart-de-Castres. Il se sent un appétit d'ogre.

Une semaine plus tard, Millehomme retrouve Jean-Pierre dans cette même ville, à la salle du Jardin des Fleurs. En première partie, Andréo Cristol lutte contre Chandeleur, Mazagrini contre Lenormand. Un curieux personnage prend part au spectacle. Il serait albigeois. C'est un amateur. Il est masqué.

Les combats s'enchaînent, la vapeur monte des corps malmenés, la sueur coule et éclabousse le public qui se régale, mais le clou reste la confrontation tant attendue entre Millehomme et Jean-Pierre. Les spectateurs en ont pour leur argent, malgré un dénouement rapide. Le Géant-de-Montastruc ne fait à nouveau qu'une bouchée de Millehomme. Autant dire…

Mais la vraie revanche, l'ultime, qui doit prendre des *proportions homériques*, est annoncée le 18 septembre à… Lavaur !

C'est bientôt l'automne. Le laboureur ne veut pas venir combattre à Toulouse. Il a trop à faire aux champs. Et puis Lavaur mérite bien que son géant s'illustre dans ses murs, non ? Soit ! Millehomme consent.

Jean-Pierre fait la Une du *Journal de Lavaur*. Une chronique exaltée, chauvine, faut voir comment. Jean-Pierre inspire le plumitif ! Entre Lavaur et Montastruc, on se tire la bourre, et cela ne date pas de la veille. Normal que plus tard on se soit trompé sur le lieu de naissance du phénomène. Lisons plutôt :

> *Un enfant de Lavaur, dont la renommée toujours croissante a franchi les mers sur les flots en courroux, vient rappeler dans nos murs les souvenirs épiques des temps fabuleux, quand, à la force du poignet,*

les fiers Titans essayèrent d'entasser le Pélion sur l'Ossa.

Jean-Pierre, auquel Montastruc dans son orgueil irréfléchi se vante d'avoir donné le jour, et dont notre cité fut le berceau, Jean-Pierre qui a laissé un sillon de gloire partout où son pied gigantesque a fait gémir le sol, Jean-Pierre l'athlète invaincu, le héros homérique des temps modernes, Jean-Pierre, pour tout dire d'un mot, se rencontrera avec Millehomme, Millehomme aux nerfs de fer, dont le nom seul porte au cœur des plus audacieux la terreur et l'effroi : lutte prodigieuse et terrible, Hercule aux prises avec Antée, la fable devenant sous nos yeux une réalité vivante !

C'est ne pas y aller avec le dos de la cuiller, le manche de la fourche. À Lavaur où il a vécu longtemps, on le comprend, Jean-Pierre, bien que né à Verfeil, est devenu le Géant-de-Lavaur…

On s'enflamme, non sans éloquence. Une grande affiche est placardée partout sur les murs de la ville et au-delà, et même reproduite dans le journal, sur presque un tiers de page. En surface et en taille de caractères, le nom de Jean-Pierre écrase largement celui de Millehomme. On dira qu'il s'agit là d'un traitement partial et déséquilibré. Le public doit se préparer à une belle et grande lutte romaine, une lutte cyclopéenne, une lutte *à outrance*, cela va de soi.

HALTE LÀ ! FRANÇAIS

on ne passe pas sans lire

IL N'Y A QU'UN DIEU, QU'UN SOLEIL
& QU'UN JEAN-PIERRE

Le combat se fera dans la remise de l'Hôtel de la Croix-Blanche, au Grand-Faubourg.

VAURÉENS,

Rome la superbe, à l'époque où les Césars faisaient trembler le monde sous le poids de leurs légions formidables, Rome seule aurait pu organiser un combat de gladiateurs qui préfèrent mourir que se rendre !

Accourez tous, Vauréens, accordez vos lyres pour chanter les prouesses de ces incomparables athlètes déjà couverts de gloire. Venez admirer ces torses herculéens, ces cous de taureaux, ces biceps s'entrelaçant dans des étreintes magnifiques. Venez voir ces hommes de fer, dont au temps d'Homère on eût gravé les noms en lettres d'or sur des tables de marbre.

Qu'on se le dise et que nul ne manque à cette séance mirifique digne de Caligula et de Néron.

Le peuple vauréen se presse au Grand-Faubourg. Malgré le peu de lieues qui sépare Lavaur de Montastruc, Marie-Adèle n'est pas de la fête.

François vient de faire ses deux ans. Ce n'est pas une ambiance saine pour ce garçon.

La prime au vainqueur est de 500 francs, oui, 500 ! Autant dire… Pour ne pas changer, le combat dure le temps d'un éclair. Au revoir Millehomme, glorieux lutteur qui fut tant de fois battu par un seul…

La semaine suivante, à Albi, Café de Bretagne, Jean-Pierre dévore Samson l'Homme-au-double-nerf et Jacques Solomiac le-Rempart-de-Castres, hercules connus. Mais qui donc viendra faire tomber Jean-Pierre de son piédestal ?

XIII.

L’homme masqué

Combien de temps dure son règne ? Huit ans, guère plus. Combien de combats ? Des dizaines assurément, sans doute même des centaines. Le nombre exact nous est inconnu, comme le profit qu’il en tire. Combien cette gloire lui rapporte-t-elle en monnaies sonnantes et trébuchantes ? Rien qu’en 1881, les six combats contre Millehomme, l’athlète parisien, parmi tant d’autres gagnés, lui assurent un confortable gain de 1 000 francs ! De quoi améliorer l’ordinaire, dans la grande métairie de Tifaut, dont l’entrée en brique rouge, monumentale, semble s’accorder maintenant à son statut de célébrité. Marie-Adèle et François ne manquent de rien. Jean-Pierre est devenu riche pour un paysan de l’époque, mais il reste un paysan.

Jean-Pierre attire toujours les foules. À l’occasion, on augmente le prix des places. Jean-Pierre gagne tous ses combats. Tous ses combats, vraiment ?

Juin 1882. Garibaldi vient de mourir, la France est plutôt calme, Toulouse inaugure ses nouveaux omnibus, *La Dépêche* publie en feuilleton *Dieu dispose* d'Alexandre Dumas, mais ce qui, surtout, passionne les Toulousains est le passage d'une nouvelle troupe ambulante, celle de Jules Duval, le Rempart-de-Paris, le Boucher-des-Abattoirs, et *par le ventre de Silène, par la ramure d'Actéon, la renommée n'a pas trop de ses cent bouches pour faire résonner dans les airs ses chants de triomphe* !

Un nouveau défi pour Jean-Pierre, qui est désormais le Colosse-de-Toulouse…

Oui, Jean-Pierre est un colosse humain, qui a eu pour parrains Hercule et Goliath, et dont la nature, indomptable et farouche, a été taillée dans le granit le plus pur.

Jules Duval et sa troupe s'installent rue Alsace-Lorraine, au Cirque milanais. Le terrible boucher n'a pas pris le temps de souffler après certains triomphes dans la capitale. Il a croulé sous les lauriers. Il a gagné entre autres la médaille d'or à la lutte internationale de l'Hippodrome de Paris.

Jules Duval est-il plus fort et plus malin que Millehomme ? Ses lutteurs se chauffent. Lui se préserve. Toulouse vit au rythme des combats. Duval propose même des luttes de femmes. L'Héroïne-du-XIXe siècle affronte un homme de la troupe. N'importe quelle femme peut se présenter pour lui disputer la victoire. Allons ! les femmes amateurs, du cœur au ventre !

Jules et Jean-Pierre luttent le 4 juin. Le géant vacillerait-il ? Le combat est long et acharné, plus de trente minutes, et ils ne peuvent se vaincre. Le dimanche suivant, c'est écrit, ils ne pourront se retirer de l'arène sous aucun prétexte, autrement qu'en vaincu ou en vainqueur.

Ce jour-là, le public a droit à un intermède comique ainsi qu'à un spectacle d'hercules maniant des poids et des boulets de 20 et 25 kilos. Les spectateurs hurlent d'impatience quand les athlètes pénètrent enfin dans l'arène. Le cirque déborde d'applaudissements frénétiques. Jean-Pierre et Duval font le salut, tombent en garde puis sauvagement se ruent l'un vers l'autre. Les veines saillent, les muscles vibrent. Jean-Pierre enlève Duval d'un vigoureux coup de reins et l'envoie rouler comme un ballot sur les planches.

Le Rempart-de-Paris s'est écroulé comme un simple mur de ferme. La masse grouillante l'agonit de quolibets.

Un homme attend son heure, les bras croisés, de marbre. On l'a remarqué à cause du masque. Comment pourrait-on l'ignorer ? Certains gloussent. Fait-il partie de l'attraction ? Il y a des chances !

Le Rempart-de-Paris finit en croix dans l'arène et l'Homme-Masqué se lève. Les gradins craquent sous son poids tandis qu'il s'avance. Il bouscule des spectateurs et se dirige d'un pas décidé vers le géant.

Un fantaisiste ? En tout cas, un beau bébé. 145 kilos à la pesée, soit seize de moins que Jean-Pierre. Il viendrait de Nîmes, et c'est à peu près tout ce que l'on sait de lui. Ça, et qu'il est bien arrogant. Il a déposé 100 francs en mains tierces à l'appui de sa provocation au Colosse. Le boniment est savoureux :

« Jean-Pierre, le colosse toulousain, auquel on est toujours entraîné à chercher un œil au milieu du front en raison de sa vague ressemblance avec le cyclope Polyphème, a été provoqué au milieu de son triomphe par un anonyme masqué... »

La défaite, parfois, n'a pas de visage. Pour la première fois, le dimanche 18 juin 1882, Jean-Pierre est défait. Mais comme Antée, le Colosse reprend des forces dès qu'il retouche terre...

Tout le monde réclame une revanche, et il ne faut tarder ! Les admirateurs du géant sont déroutés. Blessé dans son orgueil, Jean-Pierre annonce que s'il ne bat pas l'Homme-Masqué au bout de dix minutes, il lui offrira 20 francs pour chaque minute supplémentaire dans l'arène. Le peuple de Toulouse se précipite au Cirque milanais.

« L'Homme-Masqué, vous êtes immortel !

Oui, vous êtes immortel, car vous avez vaincu JEAN-PIERRE, le terrible Géant toulousain, le tombeur des tombeurs qui a soutenu glorieusement, sur le tapis, la réputation de l'étendard de Toulouse.

Toulousains,

La puissante voix de bronze annonce aux peuples la naissance des empereurs et des rois ! Pour la grande lutte de dimanche, il faudrait la voix de Dieu, il faudrait son tonnerre !

La terre a tremblé ! Toulouse a frissonné ! Jean-Pierre a touché le sol. Ombre des athlètes de l'ancienne Rome, sortez de vos tombeaux, Jean-Pierre a été tombé après un combat acharné de 18 minutes, d'une lutte sans égale.

Quelle gloire ! Quel honneur, Jean-Pierre, si le ciel te réserve la victoire !

Que l'on ouvre la barrière, que le granit s'oppose au granit ; que le vainqueur soit satisfait et content de ce que la défaite du vaincu soulève un tonnerre d'applaudissements. »

Nous ne savons pas combien cette revanche contre l'Homme-Masqué a coûté à Jean-Pierre. Lui a-t-il cédé beaucoup d'argent ? Ou rien ?

Nous ignorons aussi l'issue du tout dernier combat dont nous avons la trace.

En mars 1883, une séance de sport athlétique a lieu au Skating-Palais de Toulouse. Les plus célèbres lutteurs de la région prennent part à cette joute. À Toulouse, décidément, on aime la castagne… Tous rivalisent de force et d'adresse. Le champion espagnol Toréador triomphe en première partie. Mais la principale attraction est le combat entre Jean-Pierre et Achille-le-Foudroyant. Le Colosse l'emporte, au terme d'une longue lutte, certes. La bête bouge encore et il nous plaît de penser que la revanche fut aussi à son avantage.

Ce même printemps, Marie-Adèle est grosse. Jacques-Joseph naît le 20 juillet. L'acte de naissance signale que Jean-Pierre Mazas, fermier cultivateur, présente l'enfant de sexe masculin devant Édouard Ducasse, maire. Sont présents Antoine Tissinié, marchand tailleur, et François Ruffat, limonadier, qui avait déjà été témoin du mariage. La famille s'est agrandie. Elle vit toujours à la métairie de Tifaut. Le vent, pourtant, risque de tourner bientôt.

TROISIÈME PARTIE

XIV.

Lavaur, 2019

Je me suis régalé d'un beau et grand vol de hérons garde bœufs papillonnant au-dessus des champs labourés. Le train s'est arrêté à Lavaur. Le trajet a duré trente-neuf minutes depuis Toulouse. La vitesse a aboli les distances. À l'époque, en train, il fallait près d'une heure pour faire Albi-Gaillac, presque cinq pour Albi-Rodez, quatre pour Toulouse-Bordeaux et, par l'express, jusqu'à seize pour Toulouse-Paris ! Jean-Pierre a passé d'incalculables heures dans le train, allant d'une foire à l'autre, au gré des saisons.

Depuis la gare, le chemin est aisé pour gagner à pied le quartier du Rouch. C'est désormais des lotissements et une zone commerciale. Il existe bien une rue du Rouch, qui se termine en impasse. Le Servi est devenu une rue aussi, la rue du Cervi, l'orthographe n'est plus la même. Mais on chercherait en vain un très vieil arbre, un rang de vigne ou une maison de terre crue devant laquelle le jeune Jean-Pierre aurait fendu du bois. La maison où le géant a grandi a sûrement cédé la place à un parking, celui du Super U, de Monsieur Bricolage ou de l'Ami Vert – d'autres géants.

Ou alors, plus loin… Après les magasins, il y a un grand champ et des maisons dispersées. Une rue mène vers l'Agoût. Les arbres encore couverts de feuilles marquent le sillage de la rivière. Un geai lance son cri de mauvaise humeur.

Rebroussant chemin, je pense à ma propre histoire, à mes aïeux qui, à cette époque lointaine, ont abandonné les campagnes du Cambrésis – ils étaient ouvriers agricoles et sont partis un beau jour travailler dans les mines de charbon, en souhaitant une vie meilleure… Et cent cinquante ans plus tard, je suis là, à écrire sur un homme dans lequel je me reconnais beaucoup. Certes, je ne suis pas une force de la nature, mais comme lui je suis issu d'un milieu modeste. Comme lui, j'ai quitté ma région d'origine pour courir le pays. Il est à espérer que la comparaison s'arrête là…

Bientôt, je vais dans Lavaur même. La pensée déambule. La Grand-Rue s'appelle toujours ainsi, alors que l'allée de l'Esplanade, où se tenaient les grandes foires, est devenue l'allée Jean-Jaurès. La vieille ville, autrement, n'a sans doute pas beaucoup changé.

Je vais en quête de traces utiles, sans trop y croire, et pourtant le géant surgirait d'une ruelle que je n'en serais guère surpris. D'ailleurs, soudain, des Vauréens pressés, beaucoup d'hommes, remontent la rue du Père-Colin que des becs de gaz éclairent de taches vives. Ils affluent depuis l'Agoût par la rue du Port, mais aussi par les rues de la Brèche et Jouxaygues-Grande. Car c'est ce soir ! Jean-Pierre, l'enfant de la cité, combat Millehomme sur le Grand-Faubourg, dans la remise de l'Hôtel de la Croix-Blanche, et il n'y aura pas de place pour tout le monde !

Jean-Pierre m'accompagne depuis plusieurs mois maintenant. J'ai parfois l'impression que, d'une manière mystérieuse, il guide la main, facilite les recherches, les organise même, en décide… Cela devrait m'engager à une certaine prudence.

Lavaur a donc connu Jean-Pierre, et une autre célébrité – du moins sa famille venait de là –, le clown Auriol. Curieusement, il n'existe pas ou peu de photographies des lutteurs, des artistes de cirque et des phénomènes de foire. La photographie s'intéressait aux progrès de toutes sortes, à l'architecture, à la vie politique, aux colonies lointaines, parfois aux mineurs quand éclatait une grève, à Anzin ou Decazeville, mais pas à ces gens.

Les clichés que je connais du géant, qui n'en était plus un alors, sont ceux qui furent pris quand la science s'intéressa à lui. Il n'y mit pas beaucoup du sien. On le comprend. Jean-Pierre ne vit sûrement jamais ces photographies qui circulèrent jusqu'à être publiées dans une revue américaine.

Jean-Pierre aurait connu son heure de gloire pendant l'Exposition universelle de 1900. En marge des palais et des pavillons, les spectateurs se seraient encore pressés dans sa baraque de forain pour y admirer l'hercule. Jean-Pierre était sans doute à Paris, mais la réalité est plus triste.

Quand *La Dépêche* l'interroge en 1967, Joseph magnifie l'aventure de son père. J'en suis maintenant persuadé.

Dans la même *Dépêche*, mais plus tôt, en 1955, un vieux Toulousain a témoigné : « J'avais pu voir, en ses derniers combats comme amateur, le lourd et pataud Jean-Pierre de Montastruc, dont on a longtemps cité les exploits et performances. À vrai dire, il n'avait rien d'un athlète ; c'était une énorme masse de viande et d'os fort difficile à ébranler mais ne connaissant aucune des souplesses de la lutte. »

Ce n'est pas là le seul témoignage à charge.

XV.

La fin du monde

En cette année 1885, le docteur Seth Pancoast de Philadelphie, grand cabaliste, fameux théosophe, adepte des sciences occultes, aussi savant que Dieu, annonce la fin du monde pour 2232. On a le temps de voir venir...

D'ici là, prédit-il, l'univers fera de rapides progrès dans les inventions les plus merveilleuses. L'homme tiendra les secrets du monde dans sa main. Il atteindra un degré de compétences qui lui permettra d'éviter ou de vaincre la plupart des *influences* qui menacent sa vie.

À la vérité, tout le genre humain avancera en intelligence et en puissance. La faculté d'amasser des richesses sera bien au-delà de tout ce que l'imagination peut concevoir. Les hommes pourront découvrir l'or partout où il existe, et même en fabriquer. L'or sera devenu aussi commun que le fer. Les hommes ne s'épuiseront plus à satisfaire leurs besoins.

L'année prochaine sera particulièrement faste. De la prospérité ! Il n'y aura jamais eu un temps dans l'histoire du monde où le travail aura été aussi abondant, et où l'homme et la femme auront été si bien considérés dans l'échelle sociale.

Jamais le journalier n'a pu acheter autant pour son argent. Mais l'année 1886 sera remarquable pour le plus grand degré de fortune et de bien-être dont jouiront les pauvres et les artisans de tout l'univers, et surtout en Amérique.

2232, c'est bien loin. On a le temps d'en profiter.

Le gouvernement de Ferry a sombré et Jean-Pierre ressent une foudroyante douleur dans le dos. Le Colosse est terrassé.

Dans la métairie de Tifaut, Jean-Pierre souffre le martyre. Tout le long de ces années, son corps en a produit, des efforts, et quels efforts ! Jamais il ne s'était trouvé dans une situation où il ait eu si mal. Pour qu'il se soit traîné jusqu'au lit pour s'y effondrer, en pleine journée, il faut que ce soit grave, pense Marie-Adèle, sans trop oser demander. Son homme est rentré, titubant, paraissant ployer sous une invisible et immense charge. Il ne dit rien mais elle devine que la douleur le traverse par brusques vagues.

Joseph a 2 ans mais Marie-Adèle l'allaite encore. À ce moment-là, le garçonnet dort contre son sein, la bouche entrouverte, la tétine à peine relâchée.

François, lui, joue à traquer autour du puits des lézards qu'il n'attrape jamais.

La journée avait pourtant bien commencé. Il y a pire labeur que celui qui consiste à écheniller. Une promenade de santé quand on mesure plus de deux mètres, et même plus de trois si on tend très haut les bras au-dessus de sa tête ! Il n'est point besoin de grimper à l'arbre ! Tout le monde, bien sûr, sollicite votre aide, et ça rigole ! Le préfet a promulgué son habituel arrêté, qui prescrit l'échenillage, et il est interdit de détruire les oiseaux, leurs nids et leurs couvées – les contrevenants seront poursuivis.

Un arbre était tombé en travers du chemin, un vieux chêne. Qu'est-ce qui lui a pris de vouloir le porter à lui tout seul ? D'ailleurs, il aurait tout simplement pu le pousser sur le côté. Jean-Pierre en avait la force mais, pour une fois, il a dû mal s'y prendre. Soudain, il a senti que son dos explosait, que sa colonne vertébrale se brisait nette, comme du bois sec, et ses jambes ont cédé sous lui en même temps qu'il hurlait.

Le Colosse est blessé ! La nouvelle fait le tour du canton comme une traînée de poudre. On doit même déjà en parler à Lavaur. Et si Millehomme revenait maintenant et le défiait ?

Hippolyte le visite souvent. Il s'assoit sur un tabouret. Les deux hommes n'éprouvent pas le besoin de parler. Hippolyte est triste de voir le géant effondré. Comme disent les lutteurs, il y a du verglas pour tout le monde. Té, il n'est donc pas de surhomme. À force de tirer sur la corde… Ah ! et puis le temps passe ! Il a combien maintenant, Jean-Pierre ? 38 ans ? Facile.

François Ruffat est plus bavard. Cela tient à son métier : limonadier. Le docteur de Philadelphie ne s'est sans doute pas trompé, en ce qui le concerne. Le préfet lui a délivré une commission de garde champêtre particulier des propriétés de Marc Teulade. En janvier, il a ainsi prêté serment devant le juge de paix de Montastruc. Il a juré de veiller à la conservation de toutes les propriétés qui sont sous la loi publique, et Tifaut est donc sur son chemin. Son traitement est de 500 francs. Il y en a qui dégringolent de l'arbre, et d'autres qui y grimpent.

« Tu vas t'en remettre, Jean-Pierre. »

Le géant grimace. Il a essayé de se redresser un peu mais la douleur est comme un train à vapeur qui lui patine dessus, du haut de sa nuque jusqu'au bas de ses jambes engourdies. Sa colonne vertébrale est brisée, il en est persuadé.

« Tu as de la chance dans ton malheur. C'est encore calme aux champs. L'herbe pousse et tu as bien le temps avant de devoir la couper… Tu es un roc. Tu seras vite sur pied. »

Ruffat présente sa gourde au géant, qui ne tarde pas à tendre le bras.

« Tiens, un peu de vin, ça peut faire que du bien. »

Jean-Pierre a pris goût au vin certains jours de victoire. Il buvait tranquillement, pas trop, comme un mulet à l'abreuvoir qui n'a pas vraiment soif. Maintenant, cela lui arrive de siffler un verre ou deux entre les repas, parce qu'il a des angoisses, un grand trouble, ça lui fait dans la tête comme si des chauves-souris cognaient contre une vitre. La piquette semble alors le soulager.

Le garde champêtre échange un regard avec Marie-Adèle. Il n'osera pas lui dire ce qu'il pense. Allez, encore un petit coup.

Ce n'est peut-être pas un hasard si, un peu plus tard dans la journée, Marc Teulade pénètre dans l'enceinte de la ferme. Les sabots de son cheval claquent au passage de l'entrée monumentale. Il descend de sa monture qu'il laisse libre, les rênes simplement nouées au pommeau de la selle dont le cuir luit tant il a été ciré. François se désintéresse aussitôt des lézards pour admirer l'animal, surtout les mors qui brillent comme des liards. Teulade s'est décidé à faire rénover le château, et les travaux le préoccupent beaucoup. Tout juste s'il remarque le garçon, qui pourrait être tout aussi bien le dernier chiot d'une portée de bâtards.

Teulade entre dans la maison comme dans une écurie, sans frapper ni s'essuyer les pieds, et s'il ôte son feutre, c'est que, malgré tout, Prosper son père l'a bien éduqué. Marie-Adèle s'empresse de lui apporter une chaise. Mais il reste debout.

« Ce n'est pas de chance, Jean-Pierre », dit-il avec raideur.

Jean-Pierre ne peut qu'en convenir d'un douloureux mouvement de la tête.

« Il faut te reprendre… »

Teulade sait ses exploits, même s'il n'a jamais assisté à un seul combat. Il ne réprouve pas cette distraction. S'il le veut, son métayer peut bien tirer la bourre au diable lui-même, à la condition que les engagements soient respectés.

« Tu n'oublies pas, j'espère, notre contrat de colonage. Nous sommes à moitié-moitié des revenus de la métairie. T'en souviens-tu ?

– Oui…

– À la bonne heure ! Il parle ! »

Teulade a comme un sourire. Il en deviendrait compatissant.

« La terre a besoin de tes grands bras. La terre ne peut attendre. »

Jean-Pierre comprend bien. Le maître est franc, lui, quoique brusque, pas comme certains qu'il connaît et qui égorgillent.

« *Me vaù remetre. Vos prometi…*

– Tu as intérêt, Jean-Pierre. »

Et Teulade s'en retourne. Bientôt, la poussière s'élève des sabots de son cheval, sur le sentier qui descend vers le chemin de fer, puis remonte au château déjà en partie couvert d'échafaudages en bois.

XVI.

Le géant se remet !

Jean-Pierre l'avait promis : il se remet, il se redresse. Mais dans sa tête, et surtout dans son corps, ce n'est plus pareil. Son corps s'est tassé. Il a l'impression qu'à l'intérieur, tout est en désordre, comme mélangé. La convalescence, trop longue, l'a mis en retard sur les travaux de la ferme. Malgré tout, un jour, il peut envisager de reprendre la lutte.

Son corps s'est transformé, comme les regards que l'on porte désormais sur lui, non des regards de pitié – il inspire encore trop de sympathie et rayonne toujours par ses succès –, mais de tristesse, de cette tristesse qui confine déjà à la nostalgie. Ce qui est presque drôle, c'est que le géant demeure invincible. Devenu bossu, il a gagné un avantage inattendu. Que son adversaire lui torde le cou à l'étrangler, cela ne change rien. Ses épaules ne peuvent plus être aplaties en même temps contre le sol, elles se balancent comme sur un pivot.

Le géant lutte encore, mais son style déjà simpliste se gâte, devient rugueux. Le géant lutte encore, mais sur les foires, jamais trop loin de Montastruc. Toulouse, c'est fini. C'était la ville de sa gloire, de ses plus beaux combats.

Nous ne connaissons toujours pas le nom du cheval. C'en est peut-être un autre d'ailleurs. Le temps a passé. Magnifique, robuste, l'animal trace le sillon. L'homme, derrière, ne l'est plus tant, robuste. Lui pour qui le labour était tâche facile, que ça monte ou que ça descende, se traîne. Il a besoin maintenant de s'accrocher aux mancherons de la charrue, il croit ainsi réduire les cahots, et limiter la souffrance d'autant. Le cheval a son allure et son habitude, heureusement. La lame du soc fend la terre comme un fil coupe le beurre, mais il suffit d'un caillou, d'un endroit où la terre est plus compacte, et la douleur irradie le large dos de l'homme. Chaque vertèbre semble alors mordue par des rats rendus fous. Jean-Pierre endure le supplice, se mord les lèvres. La sueur dégouline sur son front. Dans le ciel, les corneilles tracent les lettres d'une histoire qui risque de mal finir.

1889. Jean-Pierre a 42 ans et la tour de M. Eiffel est achevée ! Les huiles sont montées tout là-haut avec l'architecte pour procéder au couronnement, arborer le drapeau tricolore. C'est l'ouverture de l'Exposition universelle, pile, pas de hasard, pour le centenaire de la Révolution française. La Société des droits de l'Homme et du citoyen est créée et Clemenceau en est le président. Le boulangisme a vécu, le général a fui en Belgique, et Jean-Pierre a encore du jus.

Même d'un vieux chêne abîmé coule la sève. Rosalie-Victorine naît le 30 septembre. Son père la déclare le lendemain. L'ami limonadier devenu garde champêtre n'est pas témoin, mais Marc Teulade est le nouveau maire. Jean-Pierre ne sait toujours pas écrire. Il ne le saura jamais. Mais qu'est-ce que ça peut faire ? François Moynet, charron, et Antoine Tissinié, marchand tailleur, signent l'acte. La richesse et le prestige de Marc Teulade ont grandi en même temps que Jean-Pierre s'est appauvri et a déjà beaucoup rapetissé.

1891. Jean-Pierre a 44 ans et de graves affrontements ont lieu lors d'une manifestation à Fourmies, dans le Nord. Le général Boulanger se suicide et Jean-Pierre déménage à la cloche de bois. Il part s'installer avec femme et enfants à Gémil, situé à moins d'une lieue de Montastruc. Rosalie est blottie dans les bras de maman. François donne la main à son petit frère.

1892. Jean-Pierre a 45 ans et une nouvelle loi fixe à onze heures la durée maximale du travail légal pour les femmes et les enfants. L'anarchiste Ravachol est arrêté et Marc Teulade est impitoyable. C'est vrai, Jean-Pierre s'en est allé à Gémil. Et c'est un bien car les revenus du métayage commençaient à s'en ressentir. Mais il est parti avec une dette ! Et qu'importe que, pendant plus de dix ans, Teulade ait tiré de Jean-Pierre plus qu'il ne pouvait espérer – d'un autre il n'aurait pas reçu la moitié, comment donc, le tiers !

L'affaire se juge en avril, à Toulouse, en l'absence du défendeur.

Le 11 décembre 1891, Teulade a mis en gage les meubles de Mazas qui garnissaient la ferme de Tifaut. La revente doit couvrir le loyer de la terre et le droit d'exploitation jusqu'au 11 novembre 1891. Il s'agit là d'un artifice juridique. Il se peut que Jean-Pierre ait quitté la métairie avant cette date.

Le 10 février 1892, Teulade assigne Mazas en justice, par exploit d'huissier, pour non-paiement d'une somme de 830,69 francs.

Teulade jouit d'un réel prestige. Pour preuve, maître Lagrange, son avoué, a avancé les frais de justice. L'action ne coûte donc rien à Teulade. Il a lancé l'avoué sur Mazas comme un chien au cul d'un lièvre.

Les frais du jugement s'élèvent à 19,88 francs. Tous les frais du procès sont à la charge de Jean-Pierre. Qui est déjà loin.

Une grosse dette : 830 francs. Moins que ce que les victoires contre Millehomme lui avaient rapporté, guère plus que le prix d'une bicyclette à moteur vendue par *Le Progrès automobile*.

XVII.

Sur le voyage

Les frères Lacoque ont eu leur comptant de triomphes. Ils ont brillé à Toulouse aussi, et même au Casino musical, ce fameux printemps de 1881 ! C'était un temps ! Certes, ils luttaient dans l'ombre du Colosse, mais ils n'en captaient pas moins la lumière ! Quelle époque ! On disait que Bordeaux était le berceau de la lutte moderne, mais Toulouse lui avait donné ses lettres de noblesse ! *Ô Pindare !* Et puis, un beau jour, le lion est blessé ou le souffle vient à manquer, les articulations se mettent à grincer, et un jeunet vous fiche à plat sur le tréteau ! Déveine ! Avanie !

Lacoque aîné a rangé dans l'armoire le péplum et le pantalon de drap. Il a réfléchi à sa reconversion dans un assommoir de l'allée Lafayette, buvotant son café. Il se voit déjà pourvoyeur de phénomènes pour un grand cirque, tiens, pour Barnum ! Il parcourt la contrée, inlassablement, de bourg en bourg, de foirail en foirail. Il recherche la monstruosité qui fera sa fortune. L'époque aime les monstres.

Fort d'un moral de truffier, Lacoque galope sur les chemins cahoteux. Et soudain, le géant lui revient en mémoire. Le phénomène jaillit des brumes de son cerveau comme le cyclope de son horrible grotte. Et comme la vie est bien faite, ou presque, Toulouse n'est qu'un village, Lacoque apprend au même moment les déboires judicaires de Jean-Pierre, sa soudaine ruine. Lacoque salive ! Une bonne affaire ! Ils ont partagé les louanges. Ils ont partagé les lauriers. Jean-Pierre l'écoutera. Il va te le remettre sur ses grands pieds, le géant. Parole ! Et un jour, il lui en sera reconnaissant...

Lacoque est peut-être meilleur maquignon que lutteur. Il y a désormais le train mais il préfère prendre sa voiture. Il passe par Montastruc où le garde champêtre semble sincèrement regretter que l'affaire se soit envenimée. Flairant le loustic, autant par amitié pour Jean-Pierre que par crainte du châtelain, l'homme lui indique de mauvaise grâce la route de Gémil. On ne lui fera pas de reproche !

Lacoque voyage en cabriolet. Sa monture est vive et élégante. Il franchit la lieue en un éclair. Mais Lacoque rêve de s'offrir une voiture à moteur. 300 automobiles circulent déjà en France. Ce serait là, n'est-ce pas, le signe incontestable de sa réussite.

Gémil ! Le bourg dort encore mais Jean-Pierre est là, à la porte de son nouveau logis. Un merle chante dans un cerisier tout près. Lacoque bondit de son cabriolet.

Le lascar porte un complet gris et un feutre. Les moustaches en guidon de bicyclette, les mains dans les entournures du gilet, il considère le géant. Il commence à se poser des questions. Dans son souvenir, le géant était plus grand… N'aurait-il pas rétréci ? N'importe ! Il a fait le chemin. Et après tout, il n'est pas venu ici pour le lutteur dans ses grandes heures, mais pour le monstre qu'il a toujours été. Avec un grand sourire, aussitôt, il lui tient ce propos :

« Je ne suis pas venu pour te chercher des raisons, Jean-Pierre. »

Lacoque marque une pause, remuant les lèvres comme un lapin de garenne.

« Ça n'est pas la forme, on dirait ? »

Jean-Pierre se tient devant lui, le visage impassible, les bras le long du corps. Debout, maintenant que ses épaules se sont affaissées, ses mains énormes peuvent toucher le haut de ses mollets. Il n'a jamais paru aussi disproportionné.

« Tu as une monstruosité naturelle. Tu le sais ! Il faut en tirer parti ! »

Jean-Pierre ne dit toujours rien et Lacoque insiste, déroulant dans le ciel un calicot invisible.

« Imagine sur la baraque, en grosses lettres : LE GÉANT-DE-MONTASTRUC !

– Le laboureur…

– Quoi ?

– Je suis laboureur.
– À Dieu vat ! »

Lacoque exulte. Et cela vaut bien une belle affiche, qui sera clouée aux arbres à l'occasion des foires, dans toutes les villes, dans le monde entier !

CHAMP DE FOIRE

AUJOURD'HUI

JEAN-PIERRE LE LABOUREUR

de Montastruc

qui a l'honneur de se présenter à vous comme

LE SEUL ET UNIQUE COLOSSE

est le

Seul Phénomène paru jusqu'à ce jour

Aucune exhibition de ce genre n'aura été l'objet d'une si grande curiosité

Il couvre une pièce de 5 francs avec le pouce
il mesure la taille de 2 mètres 20

il pèse le poids de 160 kilos
et mesure 2 mètres 40 longueur de bras

Avis aux amateurs qui désirent voir un véritable
phénomène de la nature, n'ayant rien de disgracieux,
mais dont le tout est colossal.

L'affiche, racoleuse, quoique surchargée et trompeuse, est efficace. Mais l'association avec Lacoque vit le temps que vivent les orchidées. Jean-Pierre a trop mauvais caractère, et il a désormais des crises de mélancolie qui le laissent comme un attardé au fond de sa baraque.

Jean-Pierre conserve l'affiche et Lacoque repart en quête d'un meilleur phénomène. Le monde n'en manque pas !

Jean-Pierre est loin quand le château de Marc Teulade est ravagé par les flammes. Teulade déclare le sinistre par-devant le juge de paix du canton de Montastruc. Le feu est parti de l'aile ouest, vers 4 heures du matin, un samedi. La cause est inconnue, mais il semble qu'il s'agisse d'un accident, non d'un acte de malveillance. Le château est encore en rénovation. Teulade est très bien assuré. Il évalue les dégâts à 12 000 francs environ, *sauf estimations et vérifications ultérieures, et pour les remboursements desquels il fait toutes réserves contre qui de droit.*

Jean-Pierre est loin, mais où ? Il court les grandes routes. Il va par les chemins comme vont les saltimbanques et les montreurs d'ours. Il accomplit encore quelques prouesses. La famille ne l'a pas suivi longtemps. Elle s'en est retournée à Gémil. Jean-Pierre a promis d'envoyer de l'argent.

Mais où est-il donc ? À Bordeaux ? Villeneuve-sur-Lot ? Montpellier ? Nantes ?

Jean-Pierre installe sa baraque au petit jour, à l'heure pâle des exécutions. Quoique massif, les gens ne le remarquent plus trop. Il était un athlète, il n'est plus qu'un infirme. Une bête curieuse. Il ne gagne jamais grand-chose, juste de quoi se suffire.

Les journées sont rarement heureuses, au bord de la mer comme à la montagne, mais il y a des journées pires que toutes les autres. Dans cette petite station thermale de Bigorre, il pleut depuis une éternité. C'est un été de brouillard, un été pourri. Les entresorts sont installés au bord de l'Adour. Entre les baraques, les piétons divaguent sous des parapluies ruisselants. Le mauvais temps empêche les attractions, la foire est bien triste, les gens s'ennuient, alors la ville décide d'une kermesse costumée. Et c'est ainsi qu'un soir badauds et phénomènes se dirigent ensemble vers le casino ! Ils traversent les flaques, grimpent les grandes marches. Ils n'ont pas toujours belle allure. Les mines sont défaites, les vêtements trempés de boue grasse.

La fête s'engage à la lueur crue du gaz, sous la pluie qui crépite sur le grand hall vitré. De pauvres femmes en oripeaux dansent sous les confettis. Éclatent rires, bravades et jurons. Jean Lorrain, le dandy de la fange, est là, comme tous les étés. Consterné, l'écrivain s'effraie du spectacle. Il traîne au rez-de-chaussée, puis s'aventure à l'étage.

Sous les hauts lambris du salon des dames, un couple valse, accompagné à la guitare par une naine. Deux femmes ! Une dondon grotesque et une reine de conte de fées. Cette dernière dissimule son visage derrière un éventail. Le couple valse, valse et valse encore. Jean Lorrain tombe sous le charme de la reine. Mais bientôt celle-ci se découvre dans un clignement d'yeux. C'est une femme à barbe ! Une barbe qui ondoie en deux pointes soyeuses. La reine est barbue comme un vieux roi et la dondon se trouve être un homme ! C'est là deux monstres échappés des entresorts de l'Adour. À ce moment même, en bas, dans la grande salle, la police est priée d'intervenir. Pour quelles raisons ? Qu'est-ce qui se passe ? On ne sait. Mais sont alors arrêtés la fausse belle Fatma, les nains de Saint-Mamet et Pierre le Laboureur, le Géant-de-Montastruc.

Combien de villes et dans quel ordre ? Combien de trains, de chemins, de voyages, de fêtes foraines et de foires ? Perd-il le compte des jours, des mois et des années ? Revient-il souvent à Gémil ?

Et le voilà au Havre, Jean-Pierre ! Pour la foire Saint-Michel. On annonce de toutes nouvelles attractions. Rien n'y manquera. Il y aura des carrousels et des montagnes russes, des théâtres et des arènes athlétiques, des pâtissiers et des confiseurs. Un garçon pourra offrir à sa petite amie un cochon en pain d'épice, avec son nom écrit dessus, en grosses lettres, que l'élue dévorera avec ses quenottes tranchantes, aussi facilement que son cœur bat dans sa poitrine. Ah ! et bien sûr, on tremblera avec François Bidel et ses fauves, et il faudra voir un peu la danse du ventre, et la danse serpentine dans la cage aux lions, et la Goulue, une femme légère, qui se fait fort de décoiffer le géant avec son pied !

XVIII.

Paris !

Quelques semaines plus tard, Jean-Pierre est à Paris. Il voyage alors en compagnie d'une petite femme qui lui sert de truchement.

Est-ce par hasard, se promenant sur l'esplanade des Invalides, qu'Édouard Brissaud tombe sur l'affiche ? Le célèbre médecin est-il en quête d'un sujet d'étude ou d'un divertissement ?

Paris ! Jean-Pierre a installé sa baraque. Il va en prendre l'habitude. La ville est à sa mesure. Dans la cohue des quartiers, on le remarque moins. Mais il ne s'éloigne jamais de la foire. Souvent, il regarde la tour Eiffel, désormais le point le plus haut et le plus humain dans le ciel de Paris, un ciel très bleu et rempli d'hirondelles en ce jour de juin 1894.

La tour a bien failli être démontée, comme beaucoup d'autres créations de l'Exposition universelle de 1889. Ah ! faire et défaire ! Mais l'architecte a obtenu une concession. Sa tour est devenue le symbole triomphant de la République contre les forces du passé. Elle est droite, fière, alors que Jean-Pierre n'a jamais été aussi voûté et abattu. Elle culmine toujours à 312 mètres alors que lui ne mesure plus que 1,86 mètre. Il a perdu 34 centimètres.

La science est en pleine évolution, progresse de manière spectaculaire. D'innombrables champs d'étude s'ouvrent. La science n'a jamais autant fasciné. Pasteur a bouleversé la médecine. Darwin a donné certaines clés pour comprendre l'évolution des espèces. Le positivisme en vogue connaît bien certaines dérives. Des théories fumeuses naissent, comme celle du « criminel-né », qui conduisent des médecins à rechercher les stigmates du crime en mesurant les crânes, les pieds… On mesure beaucoup en cette fin de siècle. Il en est pour penser que ça n'augure rien de bon. Édouard Brissaud aime mesurer aussi, mais pour des raisons moins idéologiques, beaucoup moins violentes.

Édouard Brissaud a été, raconte-t-on, le favori de Jean-Martin Charcot. Le maître s'est intéressé à l'hypnose et à l'hystérie. Lui, à ce moment de sa vie, se consacre au gigantisme. Le dictionnaire encyclopédique des sciences médicales en donne alors cette définition : *Un géant est un être qui, exempt d'ailleurs de toute défectuosité dans les caractères essentiels de l'organisation, dépasse notablement par la taille les autres êtres de la même espèce parvenus à l'âge adulte.*

Brissaud est de son temps. Et c'est aussi un phénomène, dans son genre ! On dit que sa capacité de diagnostic à distance touche à la divination. C'est un homme d'une immense intelligence, doublé d'un gros travailleur, ce qui ne l'a jamais empêché de se livrer à certains amusements – interne, il pouvait effrayer les visiteurs de l'hôpital avec des maladies terriblement contagieuses, de son invention. Brissaud est une manière d'artiste. D'ailleurs, la famille en regorge : des comédiens, des chanteurs lyriques, des peintres. Naturellement, il a des idées généreuses. Il est de ceux qui défendent Dreyfus. Il sait fort bien s'entourer, si on en juge par ses relations avec Marcel Proust, les frères Reclus, Anatole France, Francis Jammes ou encore Léon Daudet. Pour autant, Brissaud ne s'égare pas. Sa carrière hospitalière et universitaire est exemplaire. Médecin des Hôpitaux de Paris, agrégé, professeur d'histoire de la médecine, il donne le jour à une œuvre en matière de neurologie considérable. À vrai dire, il publie des articles dans de nombreux domaines. Son atlas du cerveau, ses *Leçons sur les maladies nerveuses* et son *Histoire des expressions populaires en médecine* seront des références.

Celui qui sera le modèle du docteur du Boulbon dans *À la recherche du temps perdu* comprend sa chance. Il y a l'affiche, et mieux encore.

La baraque de Jean-Pierre est sous les arbres. Une toile est tendue. On y voit représenté un personnage colossal, au milieu d'un paysage fantaisiste. La peinture est médiocre, mais ça ne fait aucun doute dans l'esprit de Brissaud. Il y a, dans le visage de ce géant, un trait significatif : il est tout en mâchoire. En outre, les pieds et les mains sont énormes. Brissaud écrira plus tard : *Ces disproportions choquantes pouvaient être mises sur le compte de l'impéritie d'un artiste très préoccupé de représenter un être phénoménal. Elles évoquaient cependant le souvenir d'une déformation pathologique bien connue, et il n'était pas impossible que l'auteur de cette peinture eût consciemment reproduit le modèle.*

De temps en temps, pour allécher le public, Jean-Pierre tend sa grande main par une petite fenêtre de la baraque. Ce n'est pas seulement la main d'un géant…

Brissaud paie sa place. Un sou, et le voici dans l'antre d'une créature difforme dont les ombres, dessinées par les flammes vacillantes des bougies, s'étirent curieusement sur les planches. Brissaud s'assoit sur un banc, le regard déjà tout à l'étude. L'atmosphère est étouffante. L'odeur qui domine est celle de la transpiration, et le géant transpire beaucoup. Drôlement accoutré, il exhibe ses formes colossales sur une estrade. Brissaud a sa confirmation : le maxillaire inférieur proéminent, les mains et les pieds hors de toute proportion.

Le géant voudrait-il bien se présenter un matin à la Salpêtrière pour un examen complet ?

XIX.

L'étude d'Édouard Brissaud

Édouard Brissaud parvient à ses fins, non sans mal. Lui propose-t-il de l'argent ? Jean-Pierre refuse, d'abord. Il ne comprend pas ce que lui veut ce savant bondissant. Jean-Pierre était laboureur, il fut lutteur, il est maintenant phénomène de foire, voudrait-on qu'il soit aussi une curiosité pour la science ?

Finalement, un matin, Jean-Pierre se présente à la Salpêtrière, accompagné de la petite femme qui lui sert d'interprète – elle sera plus que jamais précieuse. Dans les couloirs de l'hôpital, on se retourne sur ce drôle de couple. On est pourtant habitué au pire.

Édouard Brissaud est assisté de Henry Meige, lui-même ancien élève de Charcot et tout frais docteur. Les conclusions de leur rapport seront reproduites dans les revues scientifiques et de nombreux journaux, parfois bien après la mort du géant. C'est une sensation amère que de s'apercevoir que

Jean-Pierre aura été adulé comme athlète, mais que le plus grand nombre d'éléments que nous possédons à son sujet, ou peu s'en faut, proviennent de ce rapport médical. Beaucoup de ce que nous connaissons de Jean-Pierre, nous le devons à ce moment particulier.

L'examen commence par un interrogatoire, une série de questions simples. Jean-Pierre ne parle ou ne veut parler que le patois de son pays. Son amie traduit ses réponses vagues et laconiques. Jean-Pierre raconte sa vie. Jamais il n'évoquera ses années glorieuses.

Il a aujourd'hui 47 ans. Il est d'une famille de paysans sur laquelle il ne peut fournir de renseignements précis. Il a toujours été bien portant dans son enfance, et jusqu'à 16 ans sa taille n'avait rien d'extraordinaire. Ensuite, il a grandi d'une façon excessive. Il travaillait aux champs et était d'une force remarquable. Laboureur, il maniait sa charrue avec une *maestria* que lui enviaient les plus robustes cultivateurs. À 38 ans, en soulevant un fardeau, il a ressenti une violente douleur dans le dos. Selon lui, il s'est fracturé la colonne vertébrale. À cette époque, sa taille a commencé à décroître. Le voyant condamné à la misère, un compère lui a alors proposé de tirer parti de sa monstruosité. Et c'est ainsi qu'il a commencé son tour de France, amassant à chaque étape *une somme respectable de gros sous.* Et maintenant, il est devenu l'une des principales attractions de la fête foraine annuelle des Invalides.

Brissaud termine ainsi le compte-rendu de cette première partie d'examen :

Sans doute, il n'est plus le géant dont la taille atteignit 2,20 mètres. Il ne mesure plus sous la toise que 1,86 mètre ; son torse a gagné en épaisseur une partie de ce qu'il a perdu en hauteur, mais ses membres sont toujours gigantesques, en particulier les extrémités.

Malheureusement, depuis deux ans, sa santé s'est altérée. Il a eu plusieurs « fluxions de poitrine ». On voit sur son corps la trace de vésicatoires qui lui furent appliqués à ces occasions. La nuit, il transpire beaucoup ; il boit d'ailleurs énormément : de l'eau, du vin, ou des liqueurs. Il éprouve constamment une grande fatigue. Enfin, depuis un an, il a des maux de tête extrêmement pénibles, la nuit et le jour.

Brissaud note par ailleurs une intelligence lente et paresseuse, un caractère sombre et difficile. Anatole France pourrait lui faire remarquer : « Quand on a trop souffert, on ne pense plus. La stupidité, c'est le coup de grâce de la misère. »

La suite de l'examen est très désagréable. Brissaud et Meige ont réussi à faire se déshabiller le géant qui, cependant, refuse de se montrer entièrement nu. Au conseil de révision, quelque

25 ans plus tôt, il n'avait pas eu le choix. Là, oui. Il couvre ses parties génitales avec une serviette et la séance de pose peut commencer. Jean-Pierre est photographié de face, de dos, en pied, de profil et en plan rapproché. Un assistant prépare déjà le nécessaire aux moulages d'un pied et d'une main. On fera alors d'autres clichés, afin de marquer la différence avec un pied et une main de taille normale.

Il serait rébarbatif et fastidieux de reproduire ici le texte de l'examen dans son intégralité. Il convient cependant de souligner certaines observations, en adoucissant le propos savant.

Même pour Brissaud, il n'est pas aisé de décrire ce corps difforme et colossal.

Les bras démesurés descendent jusqu'à mi-jambe. Le corps est penché en avant. Les pommettes sont saillantes. Le menton est proéminent. Le malade rappelle les grands singes anthropoïdes. Il en a d'ailleurs le dandinement et les gestes maladroits.

Le corps semble avoir été comprimé de haut en bas. Entre le bassin et les épaules, une partie du tronc a disparu, trente centimètres remplacés par un amas informe de bosses et de dépressions où il est presque impossible de différencier les masses osseuses et musculaires. En conséquence, deux proéminences donnent à Jean-Pierre une allure de Polichinelle.

La bosse antérieure résulte à la fois de la projection en avant de la partie inférieure du thorax et de l'enfoncement de l'abdomen au-dessous et en arrière de cette saillie.

La gibbosité postérieure est produite par une cyphose énorme de la colonne dorso-lombaire et aussi l'allongement et le chevauchement des côtes inférieures.

La partie supérieure du corps se trouve ainsi *déjetée* à droite. Il semble que le géant a été coupé par le milieu, et mal raccordé.

Et l'examen se poursuit. Jean-Pierre est observé à la loupe. Au besoin, un confrère spécialiste rapplique et complète l'expertise.

Il n'y a pour ainsi dire plus de ventre... Les os des membres sont gigantesques. Au voisinage des extrémités, ils sont épaissis... L'hypertrophie osseuse est visible... Après le torse, la main, surtout, est d'apparence monstrueuse... La peau est dure, coriace, très épaisse... Quand le malade serre les dents, le prognathisme est plus apparent, et il rappelle alors *le profil « en casse-noisettes » du Polichinelle...* La pulpe des doigts atteint son maximum de développement au pouce – Jean-Pierre peut en effet couvrir une pièce de 5 francs, le boniment ne ment pas... Ses muscles sont flasques et pour la plupart atrophiés... Jean-Pierre peut néanmoins exécuter tous les mouvements qu'on lui commande. *Sa poignée de main est encore redoutable...* L'ouïe, le goût, l'odorat ne paraissent pas altérés. Mais Jean-Pierre se prête de mauvaise grâce à ces explorations…

Des pages et des pages d'observations minutieuses. Et Brissaud de conclure que malgré l'effondrement de son torse, Jean-Pierre est assurément un bel exemple de gigantisme. Mais dans son cas, on retrouve aussi la plupart des symptômes caractéristiques de l'acromégalie. Outre l'hypertrophie et les déformations diverses, *la voix grave et sourde, la peau foncée, sèche et plissée, les muscles flasques, les jambes variqueuses, la stase veineuse oculaire, la soif extrême, la céphalée persistante, tous ces signes, jusqu'à la torpeur intellectuelle et génitale, se retrouvent dans le tableau classique de l'acromégalie.*

Jean-Pierre est doublement malade, donc. Mais jamais, apparemment, un médecin ne lui demande s'il a mal quelque part.

On ne peut pas encore étudier l'intérieur d'un sujet vivant. La découverte des rayons X, par Wilhelm Röntgen, se fera quelques mois plus tard. Procédons aux moulages.

Édouard Brissaud publie son étude l'année suivante, en 1895. Elle commence ainsi :

Les bizarreries du corps humain ont toujours donné prétexte à des exhibitions.

À côté des géants et des nains, qui sont de toutes les fêtes, on voit les hommes-poissons, les femmes-colosses, les hommes-chiens, etc. La description de ces monstruosités trouve sa place dans les traités de dermatologie ou de tératologie. On a bien raison de ne pas faire fi de la curiosité qu'elles inspirent ; elles ont conduit parfois à d'intéressantes découvertes.

Nous avons vu dans une foire un bel exemple d'atrophie musculaire présenté au public sous le nom d'homme-squelette.

Un hasard du même genre nous a permis d'observer un curieux cas d'acromégalie associée au gigantisme…

XX.

Une fin

Où est Jean-Pierre ? Dans l'almanach Larousse de 1899, il figure tout en bas d'une page consacrée aux géants. C'est un assortiment aberrant. Sous Watkins et Charles Frenet, géants remarquables et élégamment vêtus, et à côté de Lady Anna Bell, éléphantesque femme en robe de bal, Jean-Pierre est seulement ceint d'un linge, presque nu donc. Sur cette photographie prise par Édouard Brissaud cinq ans plus tôt, il semble la plus rebutante des créatures. Jean-Pierre ne doit pas savoir que cette affreuse image de lui circule. Le commentaire explique que les géants sont plus à plaindre qu'à envier. Ce sont des malades, médiocrement armés pour la vie, mal accommodés à la société des hommes. D'ailleurs, ils mènent tous *une existence triste et misérable dans un monde où ils doivent se sentir aussi dépaysés que Gulliver à Lilliput.*

Où est Jean-Pierre ? Toujours loin de Marie-Adèle et des enfants. Qui peut savoir sa souffrance ?

Qui peut savoir son chagrin ? Il va, péniblement, de foire en foire, traînant sa roulotte de promotion. Les curieux ne se pressent plus pour le voir faire ses prouesses. Quelles prouesses, d'ailleurs ? Quand il gagne quelques sous dans la journée, il peut s'estimer heureux. La concurrence est rude. La naine, qui étale sa petite chemise à la fenêtre de sa minuscule baraque, est plus séduisante. Et puis, parfois, Jean-Pierre ne tient même plus debout, tout juste s'il parvient encore à étendre ses grands bras.

Où est Jean-Pierre ? Cette même année 1899, *Le Gaulois* se moque de lui. L'article déplore qu'il n'y ait plus guère de géants en France. Le plumitif évoque une liste où il n'y a qu'un Français, Jean-Pierre, *le Colosse qui épouvanta nos jeunes ans à la foire de Bordeaux* ! Mais où est-il donc ? Il y a longtemps que personne ne l'a vu. Serait-il devenu écuyer ou directeur des beaux-arts en Allemagne ? Il se peut aussi qu'il soit mort. Quand bien même il serait vivant, cela ne vaut guère mieux. Il paraît qu'il se tasse, qu'il rapetisse de deux centimètres par an. Voilà qui est bien étrange. S'il est encore en vie et s'il continue ainsi, il finira nain.

Où est Jean-Pierre ? À Paris en 1900, à l'occasion de la nouvelle Exposition universelle. Soit. La tour Eiffel ne sera jamais démontée. Elle nargue Jean-Pierre mais a-t-il encore la force et le goût de lever les yeux vers elle ? Édouard Brissaud revient-il le voir ? Le médecin déplore-t-il la dégradation de son sujet ?

Où est Jean-Pierre ? À Bordeaux, tiens, en novembre 1901. La France a basculé dans un autre siècle mais rien ne change dans ce bas monde. Toujours, à l'automne, les feuilles mortes tombent des arbres.

La foire s'est achevée. Bordeaux est encore en pleine effervescence. Jean-Pierre traîne sa roulotte dans les rues encombrées. C'est à qui écrasera l'autre, de tous côtés on court le risque d'être heurté et même renversé, et cela jusqu'à la gare. Une voiture de pompiers traverse l'encombrement à vive allure. Les chevaux blancs fendent la foule comme des draps s'envolent dans la grisaille. Les fers sur le pavé claquent à faire des étincelles. Enfin, Jean-Pierre parvient sous la belle verrière. Il a pris l'avance qu'il faut. Il lui coûte de ranger sa roulotte dans le wagon de marchandises, puis de grimper en troisième classe.

La nuit est presque tombée quand le train démarre. Jean-Pierre est assis au milieu de la banquette en bois. Jadis, étendant les bras, il pouvait toucher sans effort les vitres de part et d'autre. Jean-Pierre ne se sent pas bien. Il a très soif et plus rien à boire. Il passe sa langue sur ses lèvres desséchées. Il ne le sait pas, mais c'est là son dernier voyage. Jean-Pierre a 54 ans.

Bientôt Toulouse. Quelques maisons ont été construites aux abords du chemin de fer. S'étend la campagne encore jusque tout près de la gare principale : des maraîchers, de petits champs, des bosquets, des vaches et des moutons. La fumée grise de la locomotive dilue un peu l'encre de la nuit autour des wagons. Le convoi a ralenti. La gare de marchandises est toute proche.

Il est près de 23 heures quand, soudain, Jean-Pierre ressent une violente douleur dans la poitrine. Un glaive qui le transperce. Il suffoque. Il porte son énorme main à son gilet, sur lequel il tire comme pour l'arracher. Son feutre a glissé de sa tête. Sa main retombe. Le cœur ne parvient plus à insuffler la vie dans son grand corps malade.

Dans le petit salon de coiffure de l'allée Lafayette, Barthélemy lit *Le Télégramme*.

Encore une exécution ! Ils ont tué le père Joly, l'oncle de Louise. Louise a été graciée par le président de la République mais pas son complice, Lejour. Les bois de justice sont arrivés à la gare de Montbrison. Lejour est allé à l'échafaud avec un incroyable sang-froid. Il a regardé la lame, embrassé l'aumônier et le crucifix puis s'est livré au bourreau. Une gerbe de sang a jailli et, détail macabre, en voulant sortir la tête du panier où elle avait roulé, un aide du bourreau est tombé de l'échafaud et le fourgon est soudain parti au galop, emportant le corps du supplicié, sans la tête.

Le regard de Barthélemy glisse sur la réclame, les *Pastilles Poncelet*, destinées à ceux qui souffrent, *guérison garantie avec preuves à l'appui,* quand la porte du salon s'ouvre à la volée, et une voix tonne :

« Le géant est mort ! Le géant est mort ! »

Barthélemy a blanchi sous le harnais. Son crâne s'est dégarni. La coupe peut bien attendre. Il s'en va rejoindre le flot des badauds qui, depuis la gare, accompagnent la roulotte du géant, comme s'il s'agissait d'un corbillard.

La foule descend l'allée et c'est bientôt à ne presque plus pouvoir bouger entre les baraques foraines. Agacés, les lions tournent dans les cages. Les phénomènes se mêlent aux gens ordinaires. Joseph le Landais s'apprêtait à présenter les lutteurs qui viennent de disputer le championnat du monde, au Casino de Paris. Il y a Chalzet-le-Trappeur, Joseph Dartignac, Primo, Bachadou. Ils sont bordelais, basques, bayonnais... Ils sont venus de loin mais le boniment sera pour demain.

« Mânes de Rossignol-Rollin, de Marseille et Millehomme, tressaillez, le choc sera si terrible que la statue de Riquet tremblera sur sa base !

Il y aura du muscle dans l'air ! »

La foule est devenue considérable. Chacun pousse ses voisins pour y voir. Il y a peu de chagrin et beaucoup de curiosité malsaine. Comme tout le monde, Lacoque, toujours en quête du phénomène qui fera sa fortune, tend le cou. Il confie aux croquants près de lui :

« J'ai bien connu Jean-Pierre dans ses belles heures. Entre nous, il n'avait pas beaucoup de mérite, avec ses grands bras ! Le gars était pris comme dans un étau et il ne pouvait plus bouger ! Le géant ne luttait plus depuis longtemps. Sincèrement, sa présence dans les arènes athlétiques était surtout due à sa force herculéenne. »

Lacoque aime à livrer sa science. Après une courte pause, dressé sur ses ergots, la crête enflammée, il juge, amer :

« Croyez-moi ! Jean-Pierre n'était pas un véritable lutteur… »

La foule a encore grossi. L'allée Lafayette est pleine comme un œuf d'oie. La police décide d'intervenir.

Tardivement, en 1902, *Le Parisien* évoquera la mort du géant. *On vient de porter en terre sans tambour ni trompette un homme qui fut un moment célèbre dans les fastes de l'athlétisme. Il avait l'air d'une sorte de Goliath languedocien. Mais ses facultés intellectuelles étaient toutes rudimentaires. De plus, il avait un penchant à la mélancolie : d'humeur irritable, il ne faisait point bon le mettre en colère. Dans les luttes foraines, on hésitait à se mesurer à lui. On craignait toujours qu'il ne sût point s'arrêter à temps et qu'après avoir terrassé son adversaire il ne lui serrât la gorge ou la poitrine jusqu'à extinction.*

Dès le lendemain de la mort de Jean-Pierre, survenue le 5 novembre 1901, *La Dépêche* et *Le Télégramme* ont publié une nécrologie émaillée d'erreurs. On y évoque l'athlète populaire, *le bon géant,* mais surtout le monstre qu'il était devenu. Ceux qui n'avaient pas connu Jean-Pierre dans sa jeunesse ne pouvaient éprouver que de la déception en découvrant cet homme tout déformé, à l'intelligence médiocre.

La même nécrologie a paru, réduite, dans *Le Journal du Tarn*, entre la mort de Li-Hung Chang et les annonces des dernières condamnations à mort. Elle sera encore reprise, mais complète cette fois, dans *Le Journal de Lavaur.* Elle se termine à son avantage ou presque :

Jean-Pierre est allé rejoindre ses célèbres devanciers Morphy, Rossignol-Rollin, Millehomme et tant d'autres hercules fameux qui ont, comme lui, lutté pour la vie et dont les prouesses retentissantes ne survivront pas à l'implacable oubli.

Peut-être…

Jean-Pierre Mazas

Verfeil 1847 – Toulouse 1901

Remerciements

Sur le personnage de Jean-Pierre Mazas, il demeure de nombreuses zones d'ombre qui m'ont conduit à certaines interprétations. Après tout, la légende de Jean-Pierre s'est fondée sur des faits réels mais aussi sur des récits imaginaires. Il existe peu de sources, s'agissant d'un paysan, à plus forte raison au XIXe siècle. J'ai donc pris des libertés.

Je me suis reposé néanmoins sur les actes officiels – naissances, décès, mariage, jugements –, ce qui m'a permis de corriger la chronologie succincte connue jusqu'alors, et de la compléter en rétablissant la vérité qui au fil du temps s'était déformée. Ça a été là un jeu très excitant.

Beaucoup de documents sont aujourd'hui numérisés et la recherche peut souvent se faire à la maison, sans se déplacer. Bienfait de la numérisation !

Adieu poussières, odeurs de cire et de vieux papiers ! La démarche a cependant ses limites, et il est très agréable alors d'être soutenu et guidé.

Je tiens donc à remercier les équipes de la bibliothèque municipale de Toulouse, rue du Périgord, des archives départementales de la Haute-Garonne, en particulier Isabelle Ottaviani, des archives départementales du Tarn, en particulier Valérie Vanin, ainsi que Paul Ruffié, conservateur en chef du musée de Lavaur, et bien sûr, à Montastruc-la-Conseillère, Sylvie Ravayrol et Clément Raynaud, qui m'ont transmis, dans les conditions insolites que j'ai racontées, de précieux documents.

Merci à Isabelle, ma compagne, qui certains beaux jours est venue avec moi sur les traces de Jean-Pierre à Montastruc-la-Conseillère, Verfeil et Lavaur.

Merci à Marie et Marie pour les savoureuses journées albigeoises.

Merci à Jean Durry qui a mis sur mon chemin *L'Hercule du Nord* et *Ompdrailles Le Tombeau-des-lutteurs.*

Merci à Frédéric Messaud, Julien Brel et Julie Vanlondersele qui m'ont permis de comprendre le jugement civil du 7 avril 1892.

Merci enfin à Occitanie Livre & Lecture qui m'a accordé une bourse de création, facilitant ainsi mes recherches et me permettant d'écrire avec une certaine tranquillité.

*
* *

Je me suis inspiré de nombreux livres et articles. J'ai écarté très vite *Jean-Pierre de Montastruc*, roman de Jean Renaud publié en 1941, qui, pour avoir peut-être contribué à la légende, n'en est pas moins fantaisiste et n'est étayé d'aucune source sérieuse. On y apprend que Jean-Pierre serait né à Toulouse à l'hôpital de la Grave et que, abandonné par un père gitan et une jeune mère qui finit par se suicider, il est recueilli par un berger. Ensuite, Jean-Pierre a un destin radieux…

Bibliographie sélective :

Ouvrages

Algans (Suzanne) et Pech (Jean), *Autrefois Lavaur*, Midi France, Fiac, 1987.

Brissaud (Édouard), *Gigantisme et acromégalie*, A. Coccoz, Paris, 1895.

Cladel (Léon), *Ompdrailles. Le Tombeau-des-lutteurs*, A. Cinqualbre, Paris, 1879.

Démier (Francis), *La France du* XIXe *siècle*, Seuil, Paris, 2000.

Lorrain (Jean), *Histoires de masques*, Librairie Paul Ollendorff, Paris, 1900.

Mercadal (Paul), *Montastruc-la-Conseillère et ses environs*, 1973.

Ville (Léon), *Lutteurs et gladiateurs*, Léo Laponte, 1895.

Ville (Léon), *L'Hercule du Nord*, Librairie Paul Ollendorff, Paris, 1905.

Articles

Poirier (Jacques), « Édouard Brissaud, grande figure du XIXe siècle », *in Neurologie*, vol. 12, n° 114, janvier 2009.

Salies (Pierre), « Images et échos du Vieux Toulouse », *L'Auta*, juillet 1957.

L'Avenir du Tarn, Castres, 1880-1901.

La Croix, Paris, 2 avril 1895.

La Dépêche, Toulouse, 8 novembre 1901.

La Dépêche du Midi, Toulouse, 28 mai 1955, 17 août 1967, 21 novembre 1991.

Le Gaulois, Paris, 27 février 1899.

Journal de Lavaur, Lavaur, 1868-1901.

Journal du Tarn, Albi, 1880-1901.

Le Journal de Toulouse, Toulouse, 1880-1886.

La Justice, Paris, 4 août 1898.

Le Midi artiste, Toulouse, 1879-1887.

Officiel-Artiste, Paris, 16 au 22 juillet 1882.

Le Petit Toulousain, Toulouse, 1887.

Revue Archistra. Histoire de la France méridionale, n° 184-185, juin-juillet 1999.

La Science illustrée, Paris, 1895.

Le Télégramme de Toulouse, Toulouse, novembre 1901.

*
* *

Certains personnages comme Hippolyte ou Barthélemy n'ont pas existé ou portaient d'autres noms. Lacoque, lui, a bel et bien vécu, mais je lui ai prêté un rôle qu'il n'a peut-être pas eu. Qu'il repose en paix au paradis des lutteurs.

Un moulage réalisé par Édouard Brissaud en 1894, ainsi qu'un sabot ayant appartenu à Jean-Pierre sont toujours visibles dans une vitrine du musée du Vieux-Toulouse, rue du May. C'est là que, dans les années 1990, a germé l'idée de ce livre.

Pascal Dessaint, 2020.

Du même auteur chez le même éditeur *(suite)*

L'Appel de l'huître. Chroniques vertes et vagabondes, Rivages, 2009.

Les Derniers Jours d'un homme, roman, Rivages, 2010 ; Rivages/Noir poche, 2013.

Le Bal des frelons, roman, Rivages/Thriller, 2011 ; Rivages/Noir poche, 2014.

Maintenant le mal est fait, roman, Rivages, 2013 ; Rivages poche, 2022.

Le chemin s'arrêtera là, roman, Rivages/Thriller, 2015 ; Rivages/Noir pochc, 2016.

Un homme doit mourir, roman, Rivages/Noir, 2017 ; Rivages/Noir poche, 2018.

L'horizon qui nous manque, roman, Rivages/Noir, 2019 ; Rivages/Noir poche, 2021.

Un colosse, roman, Rivages, 2021 ; Rivages poche, 2022.

Chez d'autres éditeurs

De quoi tenir dix jours, nouvelles, L'Incertain, 1993 ; Librio, 2000.

Les Pis rennais, Le Poulpe, Baleine, 1996 ; Librio, 1998.

Ça y est, j'ai craqué, nouvelles, La Loupiote, 1997 ; Points, 2001.

Les Voies perdues, beau livre, avec Philippe Matsas, Après la lune, 2011.

Quelques pas de solitude, récit, Librairie Ombres Blanches, 2012 ; La Contre Allée, 2014.

La Trace du héron, récit, Le Petit Écart, 2017.

En attendant Bukowski, nouvelles, La Déviation, 2018.

Vers la beauté, toujours !, récit, La Salamandre, 2020.

Jusqu'ici tout va mal, nouvelles, La Déviation, 2022.

Le site de l'auteur : www.pascaldessaint.fr

pca
cmb
édition pré-presse
livres numériques

44400 Rezé

Imprimé à Barcelone par:
CPI Black Print
avril 2022

Imprimé en Espagne